# UN VIEJO QUE LEÍA NOVELAS DE AMOR

AZANCA, 29

Narrativa contemporánea

**LUIS SEPÚLVEDA**

# UN VIEJO QUE LEÍA NOVELAS DE AMOR

Premio Tigre Juan
de Novela Corta
1988
patrocinado por la
Fundación Municipal de Cultura
Ayuntamiento de Oviedo

**AZANCA**

Narrativa contemporánea

**EDICIONES JÚCAR**

Cubierta: *Juan Pablo Suárez*
Primera edición: *Junio de 1989*
Fotografía de contraportada: *Anna Muller Petersen*

© Luis Sepúlveda
© Derechos exclusivos de esta edición
EDICIONES JÚCAR, 1989
Fdez. de los Ríos, 20. 28015 Madrid. Alto Atocha, 7. Gijón
ISBN: 84-334-6029-3
Depósito legal: B. 25.928 - 1989
Compuesto en AZ Fotocomposición, S. Coop. Ltda.
Impreso en Romanyà/Valls. Verdaguer, 1
Capellades (Barcelona)
*Printed in Spain*

# A MANERA DE PRÓLOGO

*Esquivando la escuela del realismo mágico, tan en boga en los últimos años, la creación de Luis Sepúlveda discurre por las nuevas corrientes de una escuela narrativa que hace hincapié en «la magia de la realidad» y cuyos cultivadores más destacados son, además del propio Sepúlveda, Santiago Silvestre y Héctor Egaz. El autor declaró, hablando de su novela: «Quería escribirla como una novela de aventuras, en la línea de una nueva narrativa que estamos empezando algunos escritores sudamericanos. Nos hemos separado del realismo mágico y planteamos, de una manera creíble, la magia de la realidad».*

*En* Un viejo que leía novelas de amor *llama la atención, en primer lugar, la estructura en la que, dentro de un aparente desorden* tout se tient, *sin ripios ni flecos que aparten al lector del hilo sustancial de la novela.*

*¿Cómo son los personajes de Luis Sepúlveda? En esta novela, como en otras, se refleja el amplio conocimiento de lo humano, que ha proporcionado al autor la larga marcha desde la Cruz del Sur hasta la estrella del Septentrión. Exilio y trabajos de variada índole le han hecho conocedor de culturas diferentes que han enriquecido su*

*labor creadora. Es curioso observar el momento en que
los caracteres de Luis Sepúlveda, después de un dócil recorrido, se escapan de su pluma, reclamando sus derechos, su autonomía y a veces su voz más auténtica. No
es sólo una rebelión de los personajes contra el relato tra-
dicional, sino también una visión poco usual de la realidad que el creador trata de desentrañar.*

*Antonio José Bolívar Proaño, protagonista de* Un viejo que leía novelas de amor, *muestra, tras una peripecia
vital variada, en la feraz tierra de la Amazonía, las mismas apetencias y afanes que cualquier hombre de la tierra. Personaje representativo de cualquier especie humana y por ello universal, nos resulta muy próximo, de una
vecindad patente. El autor nunca describe a sus criaturas,
aparecen de súbito y se van perfilando con rasgos defini-
torios, conforme avanza su actuación. En este caso, en*
Un viejo que leía novelas de amor *el entorno de la Amazonía no sirve más que para poner de relieve la fuerza
de las* dramatis personae, *su relación con la naturaleza
hostil y difícil, que provocando situaciones límites, no por
ello hace menos verosímil la acción. Cabe destacar el mundo de los indios shuar y su relación con Antonio José
Bolívar, que es su referente blanco.*

*El autor, antropólogo, ha trabajado para la Unesco en
la Amazonía Ecuatorial, estudiando de cerca la política
de colonización y comprobando directamente los destro-
zos que hacen las multinacionales de la madera en la selva amazónica. Los shuar, palabra que significa «gente»
y que el mundo occidental traduce por «jíbaros», es un
pueblo que vive en simbiosis perfecta con su entorno ecológico y la naturaleza en general. Con este telón de fon-*

do el hilo argumental se teje sobre la peripecia vital de un hombre ya viejo que se ve obligado a cazar y dar muerte a un tigrillo. Lo que atrae y retiene al lector es la reflexión del cazador sobre lo que es vivir en la selva.

El episodio de las novelas de amor, traídas cada semestre por el dentista Rubicundo Loachamín, puede ser interpretado como un canto a la lectura y al esfuerzo del hombre por superarse.

El estilo de Un viejo que leía novelas de amor *viene dado por el español enriquecido por un léxico latinoamericano y el habla cosmopolita resultado del peregrinar forzoso del autor. Evidentemente, hay una voluntad muy clara de lograr una lengua inteligible. De ahí el rechazo de todo término que no sea expresivo o esclarecedor. Asombra la economía de medios y la escasez de indigenismos y anglicismos (del inglés de EE. UU.), tan al uso en los escritores hispano-americanos.*

En su relato predomina la frase corta, contenida, derramándose a veces, y en esto corre paralela al río Amazonas, en inesperados rápidos, para recogerse luego en sosegados remansos. Tanto en sus períodos largos como en los cortos, nada sobra, la lengua está ahí, al servicio del discurso del narrador, pero también al mejor entendimiento y deleite del lector, que se felicita por ello.

JUAN BENITO ARGÜELLES
*Oviedo, marzo de 1989*

Cuando esta novela era leída en Oviedo por los integrantes del Jurado que pocos días más tarde le otorgaría el Premio Tigre Juan, a muchos miles de kilómetros de distancia e ignominia una banda de asesinos armados y pagados por otros criminales mayores, de los que llevan trajes bien cortados, uñas cuidadas y dicen actuar en nombre del «progreso», terminaban con la vida de uno de los más preclaros defensores de la Amazonia, y una de las figuras más destacadas y consecuentes del Movimiento Ecológico Universal.

Esta novela ya nunca llegará a tus manos, Chico Mendes, querido amigo de pocas palabras y muchas acciones, pero el Premio Tigre Juan es también tuyo, y de todos los que continuarán tu camino, nuestro camino colectivo en defensa de este el único mundo que tenemos.

EL AUTOR

A mi lejano amigo Miguel Tzenke, síndico shuar de Sumbi en el alto Nangaritza y gran defensor de la amazonía.

En una noche de narraciones desbordantes de magia me entregó algunos detalles de su desconocido mundo verde, los que más tarde, en otros confines alejados del Edén ecuatorial, me servirían para construir esta historia.

EL AUTOR

Capítulo uno

El cielo era una inflada panza de burro colgando amenazante a escasos palmos de las cabezas. El viento tibio y pegajoso barría algunas hojas sueltas y sacudía con violencia los bananos raquíticos que adornaban el frontis de la alcaldía.

Los pocos habitantes de El Idilio más un puñado de aventureros llegados de las cercanías se congregaban en el muelle, esperando turno para sentarse en el sillón portátil del doctor Rubicundo Loachamín, el dentista, que mitigaba los dolores de sus pacientes mediante una curiosa suerte de anestesia oral.

—¿Te duele? —preguntaba.

Los pacientes, aferrándose a los costados del sillón, respondían abriendo desmesuradamente los ojos y sudando a mares.

Algunos pretendían retirar de sus bocas las manos insolentes del dentista y responderle con la justa puteada, pero sus intenciones chocaban con los brazos fuertes y con la voz autoritaria del odontólogo.

—¡Quieto, carajo! ¡Quita las manos! Ya sé que duele. ¿Y de quién es la culpa? ¿A ver? ¿Mía? ¡Del Gobierno! Métetelo bien en la mollera. El Gobierno tiene la culpa de que tengas los dientes podridos. El Gobierno es culpable de que te duela.

Los afligidos asentían entonces cerrando los ojos o con leves movimientos de cabeza.

El doctor Loachamín odiaba al Gobierno. A todos y a cualquier gobierno. Hijo ilegítimo de un emigrante ibérico, heredó de él una tremenda bronca a todo cuanto sonara a autoridad, pero los motivos de aquel odio se le extraviaron en alguna juerga de juventud, de tal manera que sus monsergas de ácrata se transformaron en una especie de verruga moral que lo hacía simpático.

Vociferaba contra los gobiernos de turno de la misma manera como lo hacía contra los gringos llegados a veces desde las instalaciones petroleras del Coca, impúdicos extraños que fotografiaban sin permiso las bocas abiertas de sus pacientes.

Muy cerca, la breve tripulación del Sucre cargaba racimos de banano verde y costales de café en grano.

A un costado del muelle se amontonaban las cajas de cerveza, de aguardiente Frontera, de sal, y las bombonas de gas que temprano habían desembarcado.

El Sucre zarparía en cuanto el dentista terminase de arreglar quijadas, navegaría remontando las aguas del río Nangaritza para desembocar más tarde en el Zamora, y luego de cuatro días de lenta navegación arribaría al puerto fluvial de El Dorado.

El barco, antigua caja flotante movida por la decisión de su patrón mecánico, por el esfuerzo de dos hombres fornidos que componían la tripulación, y por la voluntad tísica de un viejo motor diesel, no regresaría hasta pasada la estación de las lluvias que se anunciaba en el cielo encapotado.

El doctor Rubicundo Loachamín visitaba El Idilio dos veces al año, tal como lo hacía el empleado de Correos que raramente llevó correspondencia para algún habitante. De su maletín gastado sólo aparecían papeles oficiales destinados al alcalde, o los retratos graves y descoloridos por la humedad de los gobernantes de turno.

Las gentes esperaban la llegada del barco sin otras esperanzas que ver renovadas sus provisiones de sal, gas, cerveza y aguardiente, pero al dentista lo recibían con alivio, sobre todo los sobrevivientes de la malaria cansados de escupir restos de dentadura y deseosos de tener la boca limpia de astillas, para probarse una de las prótesis ordenadas sobre un tapete morado de indiscutible aire cardenalicio.

Despotricando contra el Gobierno, el dentista les limpiaba las encías de los últimos restos de dientes y enseguida les ordenaba hacer un buche con aguardiente.

—Bueno, veamos. ¿Cómo te va ésta?

—Me aprieta. No puedo cerrar la boca.

—¡Joder! Qué tipos tan delicados. A ver, pruébate otra.

—Me viene suelta. Se me va a caer, si estornudo.

—Y para qué te resfrías, pendejo. Abre la boca.

Y le obedecían.

Luego de probarse diferentes dentaduras encontraban la más cómoda y discutían el precio, mientras el dentista desinfectaba las restantes sumergiéndolas en una marmita con cloro hervido.

El sillón portátil del doctor Rubicundo Loachamín era toda una institución para los habitantes de las riberas de los ríos Zamora, Yacuambi y Nangaritza.

En realidad, se trataba de un antiguo sillón de barbero con el pedestal y los bordes esmaltados de blanco. El sillón portátil precisaba de la fortaleza del patrón y de los tripulantes del Sucre para alzarlo, y se asentaba apernado sobre una tarima de un metro cuadrado que el dentista llamaba «la consulta».

—En la consulta mando yo, carajo. Aquí se hace lo que yo digo. Cuando baje pueden llamarme sacamuelas, hurgahocicos, palpalenguas, o como se les antoje, y hasta es posible que les acepte un trago.

Quienes esperaban turno mostraban caras de padecimiento extremo, y los que pasaban por las pinzas extractoras tampoco tenían mejor semblante.

Los únicos personajes sonrientes en las cercanías de la consulta eran los jíbaros mirando acuclillados.

Los jíbaros. Indígenas rechazados por su propio pueblo, el shuar, por considerarlos envilecidos y degenerados con las costumbres de los «apaches», de los blancos.

Los jíbaros, vestidos con harapos de blanco, aceptaban sin protestas el mote-nombre endilgado por los conquistadores españoles.

Había una enorme diferencia entre un shuar altivo y orgulloso, conocedor de las secretas regiones amazónicas, y un jíbaro, como los que se reunían en el muelle de El Idilio esperando por un resto de alcohol.

Los jíbaros sonreían mostrando sus dientes puntudos, afilados con piedras de río.

—¿Y ustedes? ¿Qué diablos miran? Algún día van a caer en mis manos, macacos —los amenazaba el dentista.

Al sentirse aludidos los jíbaros respondían dichosos.

—Jíbaro buenos dientes teniendo. Jíbaro mucha carne de mono comiendo.

A veces, un paciente lanzaba un alarido que espantaba los pájaros, y alejaba las pinzas de un manotazo llevando la mano libre hasta la empuñadura del machete.

—Compórtate como hombre, cojudo. Ya sé que duele y te he dicho de quién es la culpa. Qué me vienes a mí con bravatas. Siéntate tranquilo y demuestra que tienes bien puestos los huevos.

—Es que me está sacando el alma, doctor. Déjeme echar un trago primero.

El dentista suspiró luego de atender al último sufriente. Envolvió las prótesis que no encontraron interesados en el tapete cardenalicio, y mientras desinfectaba los instrumentos vio pasar la canoa de un shuar.

El indígena remaba parejo, de pie, en la popa de la delgada embarcación. Al llegar junto al Sucre dio un par de paletadas que lo pegaron al barco.

Por la borda asomó la figura aburrida del patrón. El shuar le explicaba algo gesticulando con todo el cuerpo y escupiendo constantemente.

El dentista terminó de secar los instrumentos y los acomodó en un estuche de cuero. Enseguida tomó el recipiente con los dientes sacados y los arrojó al agua.

El patrón y el shuar pasaron por su lado rumbo a la alcaldía.

—Tenemos que esperar, doctor. Traen un gringo muerto.

No le agradó la nueva. El Sucre era un armatoste incómodo, sobre todo durante los viajes de regreso, recargado de banano verde y café tardío, semipodrido, en los costales.

Si se largaba a llover antes de tiempo, cosa que al parecer ocurriría ya que el barco navegaba con una semana de retraso a causa de diversas averías, entonces debían cobijar carga, pasajeros y tripulación bajo una lona, sin espacio para colgar las hamacas, y si a todo ello se sumaba un muerto el viaje sería doblemente incómodo.

El dentista ayudó a subir a bordo el sillón portátil y enseguida caminó hasta un extremo del muelle. Ahí lo esperaba Antonio José Bolívar Proaño, un viejo de cuerpo correoso al que parecía no importarle el cargar con tanto nombre de prócer.

—¿Todavía no te mueres, Antonio José Bolívar?

Antes de responder, el viejo se olió los sobacos.

—Parece que no. Todavía no apesto. ¿Y usted?

—¿Cómo van tus dientes?

—Aquí los tengo —respondió el viejo, llevándose una mano al bolsillo. Desenvolvió un pañuelo descolorido y le enseñó la prótesis.

—¿Y por qué no los usas, viejo necio?

—Ahorita me los pongo. No estaba ni comiendo ni hablando. ¿Para qué gastarlo entonces?

El viejo se acomodó la dentadura, chasqueó la lengua, escupió generosamente y le ofreció la botella de Frontera.

—Venga. Creo que me gané un trago.

—Vaya que sí. Hoy día sacó veintisiete dientes enteros y un montón de pedazos, pero no superó la marca.

—¿Siempre me llevas la cuenta?

—Para eso son los amigos. Para celebrar las gracias del otro. Antes era mejor, ¿no le parece?, cuando todavía llegaban colonos jóvenes. ¿Se acuerda del montuvio aquel, ese que se dejó sacar todos los dientes para ganar una apuesta?

El doctor Rubicundo Loachamín ladeó la cabeza para ordenar los recuerdos, y así llegó hasta la imagen del hombre, no muy joven y vestido a la manera montuvia. Todo de blanco, descalzo, pero con espuelas de plata.

El montuvio llegó hasta la consulta acompañado de una veintena de individuos, todos muy borrachos. Eran buscadores de oro sin recodo fijo. Peregrinos, los llamaban las gentes, y no les importaba si el oro lo encontraban en los ríos o en las alforjas del prójimo. El montuvio se dejó caer en el sillón y lo miró con expresión estúpida.

—Tú dirás.

—Me los saca toditos. De uno en uno, y me los va poniendo aquí, sobre la mesa.

—Abre la boca.

El hombre obedeció, y el dentista comprobó que junto a las ruinas molares le quedaban muchos dientes, algunos picados y otros enteros.

—Te queda un buen puñado. ¿Tienes dinero para tantas extracciones?

El hombre abandonó la expresión estúpida.

—El caso es, doctor, que los amigos aquí presentes no me creen cuando les digo que soy muy macho. El caso es que les he dicho que me dejo sacar todos los dientes, uno por uno y sin quejarme. El caso es que apostamos, y usted y yo nos iremos a medias con las ganancias.

—Al segundo que te saquen vas a estar cagado y llamando a tu mamacita —gritó uno del grupo y los demás lo apoyaron con sonoras carcajadas.

—Mejor te vas a echar otros tragos y te lo piensas. Yo no me presto para cojudeces —dijo el dentista.

—El caso es, doctor, que si usted no me permite ganar la apuesta, le corto la cabeza con esto que me acompaña.

Al montuvio le brillaron los ojos mientras acariciaba la empuñadura del machete.

De tal manera que corrió la apuesta.

El hombre abrió la boca y el dentista hizo un nuevo recuento. Eran quince dientes, y, al decírselo, el desafiante formó una hilera de quince pepitas de oro sobre el tapete cardenalicio de las prótesis. Una por cada diente, y los apostadores, a favor o en contra, cubrieron las apuestas con otras pepitas doradas. El número aumentaba considerablemente a partir de la quinta.

El montuvio se dejó sacar los primeros siete dientes sin mover un músculo. No se oía volar una mosca, y al retirar el octavo lo acometió una hemorragia que en segundos le llenó la boca de sangre. El hombre no conseguía hablar, pero le hizo una señal de pausa.

Escupió varias veces formando cuajarones sobre la tarima y se echó un largo trago que lo hizo revolverse de dolor en el sillón, pero no se quejó, y tras escupir de nuevo con otra señal le ordenó que continuase.

Al final de la carnicería, desdentado y con la cara hinchada hasta las orejas, el montuvio mostró una expresión de triunfo horripilante al dividir las ganancias con el dentista.

—Sí. Ésos eran tiempos —murmuró el doctor Loachamín, echándose un largo trago.

El aguardiente de caña le quemó la garganta y devolvió la botella con una mueca.

—No se me ponga feo, doctor. Esto mata los bichos de las tripas —dijo Antonio José Bolívar, pero no pudo seguir hablando.

Dos canoas se acercaban, y de una de ellas asomaba la cabeza yaciente de un hombre rubio.

Capítulo dos

El alcalde, único funcionario, máxima autoridad, y representante de un poder demasiado lejano como para provocar temor, era un individuo obeso que sudaba sin descanso.

Decían los lugareños que la sudadera le empezó apenas pisó tierra luego de desembarcar del Sucre, y desde entonces no dejó de estrujar pañuelos, ganándose el apodo de la Babosa.

Murmuraban también que antes de llegar a El Idilio estuvo asignado en alguna ciudad grande de la sierra, y que a causa de un desfalco lo enviaron a ese rincón perdido del oriente como castigo.

Sudaba, y su otra ocupación consistía en administrar la provisión de cerveza. Estiraba las botellas bebiendo sentado en su despacho, a tragos cortos, pues sabía que una vez terminada la provisión la realidad se tornaría más desesperante.

Cuando la suerte estaba de su parte, podía ocurrir que la sequía se viera recompensada con la visita de un gringo bien provisto de whisky. El alcalde no bebía aguardiente como los demás lugareños. Aseguraba que el Frontera le provocaba pesadillas y vivía acosado por el fantasma de la locura.

Desde alguna fecha imprecisa vivía con una indígena a la que golpeaba salvajemente acusándola de haberle embrujado, y todos esperaban que la mujer lo asesinara. Se hacían incluso apuestas al respecto.

Desde el momento de su arribo, siete años atrás, se hizo odiar por todos.

Llegó con la manía de cobrar impuestos por razones incomprensibles. Pretendió vender permisos de pesca y caza en un territorio ingobernable. Quiso cobrar derecho de usufructo a los recolectores de leña que juntaban madera húmeda en una selva más antigua que todos los estados, y en un arresto de celo cívico mandó construir una choza de cañas para encerrar a los borrachos que se negaban a pagar las multas por alteración del orden público.

Su paso provocaba miradas despectivas, y su sudor abonaba el odio de los lugareños.

El anterior dignatario, en cambio, sí fue un hombre querido. Vivir y dejar vivir era su lema. A él le debían las llegadas del barco y las visitas del correo y del dentista, pero duró poco en el cargo.

Cierta tarde mantuvo un altercado con unos buscadores de oro, y a los dos días lo encontraron con la cabeza abierta a machetazos y medio devorado por las hormigas.

El Idilio permaneció un par de años sin autoridad que resguardara la soberanía ecuatoriana de aquella selva sin límites posibles, hasta que el poder central mandó al sancionado.

Cada lunes —tenía obsesión por los días lunes— lo miraban izar la bandera en un palo del muelle, hasta que una tormenta se llevó el trapo selva adentro, y con él la certeza de los días lunes que no importaban a nadie.

El alcalde llegó al muelle. Se pasaba un pañuelo por la cara y el cuello. Estrujándolo, ordenó subir el cadáver.

Se trataba de un hombre joven, no más de cuarenta años, rubio y de contextura fuerte.

—¿Dónde lo encontraron?

Los shuar se miraron entre sí, dudando entre responder o no hacerlo.

—¿No entienden castellano estos selváticos? —gruñó el alcalde.

Uno de los indígenas decidió responder.

—Río arriba. A dos días de aquí.

—Déjenme ver la herida —ordenó el alcalde.

El segundo indígena movió la cabeza del muerto. Los insectos le habían devorado el ojo derecho y el izquierdo mostraba todavía un brillo azul. Presentaba un desgarro que comenzaba en el mentón y terminaba en el hombro derecho. Por la herida asomaban restos de arterias y algunos gusanos albinos.

—Ustedes lo mataron.

Los shuar retrocedieron.

—No. Shuar no matando.

—No mientan. Lo despacharon de un machetazo. Se ve clarito.

El gordo sudoroso sacó el revólver y apuntó a los sorprendidos indígenas.

—No. Shuar no matando —se atrevió a repetir el que había hablado. El alcalde lo hizo callar propinándole un golpe con la empuñadura del arma.

Un delgado hilillo de sangre brotó de la frente del shuar.

—A mí no me vienen a vender por cojudo. Ustedes lo mataron. Andando. En la alcaldía van a decirme los motivos. Muévanse, salvajes. Y usted, capitán, prepárese a llevar dos prisioneros en el barco.

El patrón del Sucre se encogió de hombros por toda respuesta.

—Disculpe. Usted está cagando fuera del tiesto. Ésa no es herida de machete. —Se escuchó la voz de Antonio José Bolívar.

El alcalde estrujó con furia el pañuelo.

—¿Y tú, qué sabes?

—Yo sé lo que veo.

El viejo se acercó al cadáver, se inclinó, le movió la cabeza y abrió la herida con los dedos.

—¿Ve las carnes abiertas en filas? ¿Ve cómo en la quijada son más profundas y a medida que bajan se vuelven más superficiales? ¿Ve que no es uno, sino cuatro tajos?

—¿Qué diablos quieres decirme con eso?

—Que no hay machetes de cuatro hojas. Zarpazo. Es un zarpazo de tigrillo. Un animal adulto lo mató. Venga. Huela.

El alcalde se pasó el pañuelo por la nuca.

—¿Oler? Ya veo que se está pudriendo.

—Agáchese y huela. No tenga miedo del muerto ni de los gusanos. Huela la ropa, el pelo, todo.

Venciendo la repugnancia, el gordo se inclinó y olisqueó con ademanes de perro temeroso, sin acercarse demasiado.

—¿A qué huele? —preguntó el viejo.

Otros curiosos se acercaron para oler también los despojos.

—No sé. Cómo voy a saberlo. A sangre, a gusanos —contestó el alcalde.

—Apesta a meados de gato —dijo uno de los curiosos.

—De gata. A meados de gata grande —precisó el viejo.

—Eso no prueba que éstos no lo mataran.

El alcalde intentó recobrar su autoridad, pero la atención de los lugareños se centraba en Antonio José Bolívar.

El viejo volvió a examinar el cadáver.

—Lo mató una hembra. El macho debe andar por ahí, acaso herido. La hembra lo mató y enseguida lo meó para marcarlo, para que las otras bestias no se lo comieran mientras ella iba en busca del macho.

—Cuentos de vieja. Estos selváticos lo mataron y luego lo rociaron con meados de gato. Ustedes se tragan cualquir babosada —declaró el alcalde.

Los indígenas quisieron replicar, pero el cañón apuntándoles fue una imperativa orden de guardar silencio.

—¿Y por qué habrían de hacerlo? —intervino el dentista.

—¿Por qué? Me extraña su pregunta, doctor. Para robarle. ¿Qué otro motivo tienen? Estos salvajes no se detienen ante nada.

El viejo movió la cabeza molesto y miró al dentista. Éste comprendió lo que Antonio José Bolívar perseguía y le ayudó a depositar las pertenencias del muerto sobre las tablas del muelle.

Un reloj pulsera, una brújula, una cartera con dinero, un mechero de bencina, un cuchillo de caza, una cadena de plata con la figura de una cabeza de caballo. El viejo le habló en su idioma a uno de los shuar y el indígena saltó a la canoa para entregarle una mochila de lona verde.

Al abrirla encontraron munición de escopeta y cinco pieles de tigrillos muy pequeños. Pieles de gatos moteados

que no medían más de una cuarta. Estaban rociadas de
sal y hedían, aunque no tanto como el muerto.

—Bueno, excelencia, me parece que tiene el caso solu-
cionado —dijo el dentista.

El alcalde, sin dejar de sudar, miraba a los shuar, al
viejo, a los lugareños, al dentista, y no sabía qué decir.

Los indígenas, apenas vieron las pieles, cruzaron entre
ellos nerviosas palabras y saltaron a las canoas.

—¡Alto! Ustedes esperan aquí hasta que yo decida otra
cosa —ordenó el gordo.

—Déjelos marchar. Tienen buenos motivos para hacerlo. ¿O es que todavía no comprende?

El viejo miraba al alcalde y movía la cabeza. De pronto, tomó una de las pieles y se la lanzó. El sudoroso gordo la recibió con un gesto de asco.

—Piense, doctor. Tantos años aquí y no ha aprendido
nada. Piense. El gringo hijo de puta mató a los cacho-
rros y con toda seguridad hirió al macho. Mire el cielo,
está que se larga a llover. Hágase el cuadro. La hembra
debió salir de cacería para llenarse la panza y amaman-
tarlos durante las primeras semanas de lluvia. Los cacho-
rritos no estaban destetados y el macho se quedó cuidán-
dolos. Así es entre las bestias, y así ha de haberlos sorprendido el gringo. Ahora la hembra anda por ahí enloquecida de dolor. Ahora anda a la caza del hombre. Debió
resultarle fácil seguir la huella del gringo. El infeliz colgaba a su espalda el olor a leche que la hembra rastreó.
Ya mató a un hombre. Ya sintió y conoció el sabor de
la sangre humana, y para el pequeño cerebro del bicho
todos los hombres somos los asesinos de su camada, todos tenemos el mismo olor para ella. Deje que los shuar

se marchen. Tienen que avisar en su caserío y en los cercanos. Cada día que pase tornará más desesperada y peligrosa a la hembra, y buscará sangre cerca de los poblados. ¡Gringo hijo de la gran puta! Mire las pieles. Pequeñas, inservibles. ¡Cazar con las lluvias encima, y con escopeta! Mire la de perforaciones que tienen. ¿Se da cuenta? Usted acusando a los shuar, y ahora tenemos que el infractor es gringo. Cazando fuera de temporada, y especies prohibidas. Y si está pensando en el arma, le aseguro que los shuar no la tienen, pues lo encontraron muy lejos del lugar de su muerte. ¿No me cree? Fíjese en las botas. La parte de los talones está desgarrada. Eso quiere decir que la hembra lo arrastró un buen tramo luego de matarlo. Mire los desgarros de la camisa, en el pecho. De ahí lo tomó el animal con los dientes, para jalarlo. Pobre gringo. La muerte tiene que haber sido horrorosa. Mire la herida. Una de las garras le destrozó la yugular. Ha de haber agonizado una media hora mientras la hembra le bebía la sangre manando a borbotones, y después, inteligente el animal, lo arrastró hasta la orilla del río para impedir que lo devorasen las hormigas. Entonces lo meó, marcándolo, y debió andar en busca del macho cuando los shuar lo encontraron. Déjelos ir, y pídales que avisen a los buscadores de oro que acampan en la ribera. Una tigrilla enloquecida de dolor es más peligrosa que veinte asesinos juntos.

El alcalde no respondió ni una palabra y se marchó a escribir el parte para el puesto policial de El Dorado.

El aire se notaba cada vez más caliente y espeso. Pegajoso, se adhería a la piel como una molesta película, y traía desde la selva el silencio previo a la tormenta. De un momento a otro se abrirían las esclusas del cielo.

Desde la alcaldía llegaba el lento tipear de una máquina de escribir, en tanto un par de hombres terminaban el cajón para transportar el cadáver que esperaba olvidado sobre las tablas del muelle.

El patrón del Sucre maldecía mirando el cielo pringado y no dejaba de putear al muerto. Él mismo se encargó de rellenar el cajón con un lecho de sal, sabiendo que no serviría de mucho.

Lo que debía hacerse era lo acostumbrado con toda persona muerta en la selva, y que por absurdas disposiciones jurídicas no podía ser olvidada en un claro de jungla: abrirle un buen tajo del cuello a la ingle, vaciarle el triperío y rellenar el cuerpo con sal. De esa manera llegaban presentables hasta el final del viaje. Pero, en este caso, se trataba de un condenado gringo y era necesario llevarlo entero, con los gusanos comiéndoselo por dentro, y al desembarcar no sería más que un pestilente saco de humores.

El dentista y el viejo miraban pasar el río sentados sobre bombonas de gas. A ratos intercambiaban la botella de Frontera y fumaban cigarros de hoja dura, de los que no apaga la humedad.

—¡Caramba!, Antonio José Bolívar, dejaste mudo a su excelencia. No te conocía como detective. Lo humillaste delante de todos, y se lo merece. Espero que algún día los jíbaros le metan un dardo.

—Lo matará su mujer. Está juntando odio, pero todavía no reúne el suficiente. Eso lleva tiempo.

—Mira. Con todo el lío del muerto casi lo olvido. Te traje dos libros.

Al viejo se le encendieron los ojos.

—¿De amor?

El dentista asintió.

Antonio José Bolívar Proaño leía novelas de amor, y en cada uno de sus viajes el dentista le proveía de lectura.

—¿Son tristes? —preguntaba el viejo.

—Para llorar a mares —aseguraba el dentista.

—¿Con gentes que se aman de veras?

—Como nadie ha amado jamás.

—¿Sufren mucho?

—Casi no pude soportarlo —respondía el dentista.

Pero el doctor Rubicundo Loachamín no leía las novelas.

Cuando el viejo le pidió el favor de traerle lectura, indicando muy claramente sus preferencias, sufrimientos, amores desdichados, y finales felices, el dentista sintió que se enfrentaba a un encargo difícil de cumplir.

Pensaba en que haría el ridículo entrando a una librería de Guayaquil para pedir: «Déme una novela bien triste, con mucho sufrimiento a causa del amor, y con final feliz». Lo tomarían por un viejo marica, y la solución la encontró de manera inesperada en un burdel del malecón.

Al dentista le gustaban las negras, primero porque eran capaces de decir palabras que levantaban a un boxeador noqueado, y, segundo, porque no sudaban en la cama.

Una tarde, mientras retozaba con Josefina, una esmeraldeña de piel tersa como cuero de tambor, vio un lote de libros ordenados encima de la cómoda.

—¿Tú lees? —preguntó.

—Sí. Pero despacito —contestó la mujer.

—¿Y cuáles son los libros que más te gustan?

—Las novelas de amor —respondió Josefina, agregando los mismos gustos de Antonio José Bolívar.

A partir de aquella tarde Josefina alternó sus deberes de dama de compañía con los de crítico literario, y cada seis meses seleccionaba las dos novelas que, a su juicio, deparaban mayores sufrimientos, las mismas que más tarde Antonio José Bolívar Proaño leía en la soledad de su choza frente al río Nangaritza.

El viejo recibió los libros, examinó las tapas y declaró que le gustaban.

En ese momento subían el cajón a bordo y el alcalde vigilaba la maniobra. Al ver al dentista, ordenó a un hombre que se le acercase.

—El alcalde dice que no se olvide de los impuestos.

El dentista le entregó los billetes ya preparados, agregando:

—¿Cómo se le ocurre? Dile que soy un buen ciudadano.

El hombre regresó hasta el alcalde. El gordo recibió los billetes, los hizo desaparecer en un bolsillo y saludó al dentista llevándose una mano hasta la frente.

—Así que también me lo agarró con eso de los impuestos —comentó el viejo.

—Mordiscos. Los gobiernos viven de las dentelladas traicioneras que le propinan a los ciudadanos. Menos mal que nos las vemos con un perro chico.

Fumaron y bebieron unos tragos más mirando pasar la eternidad verde del río.

—Antonio José Bolívar, te veo pensativo. Suelta.

—Tiene razón. No me gusta nada el asunto. Seguro que la Babosa está pensando en una batida, y me va a llamar. No me gusta. ¿Vio la herida? Un zarpazo limpio. El animal es grande y las garras deben medir unos cinco centímetros. Un bicho así, por muy hambreado que esté,

no deja de ser vigoroso. Además vienen las lluvias. Se
borran las huellas, y el hambre los vuelve más astutos.

—Puedes negarte a participar en la cacería. Estás viejo
para semejantes trotes.

—No lo crea. A veces me entran ganas de casarme de
nuevo. A lo mejor en una de ésas lo sorprendo pidiéndo-
le que sea mi padrino.

—Entre nosotros, ¿cuántos años tienes, Antonio José
Bolívar?

—Demasiados. Unos sesenta, según los papeles, pero,
si tomamos en cuenta que me inscribieron cuando ya caminaba, digamos que voy para los setenta.

Las campanadas del Sucre anunciando la partida les obligaron a despedirse.

El viejo permaneció en el muelle hasta que el barco desapareció tragado por una curva de río. Entonces decidió
que por ese día ya no hablaría con nadie más, y se quitó
la dentadura postiza, la envolvió en el pañuelo, y, apre-
tando los libros junto al pecho, se dirigió a su choza.

Capítulo tres

Antonio José Bolívar Proaño sabía leer, pero no escribir.

A lo sumo, conseguía garrapatear su nombre cuando debía firmar algún papel oficial, por ejemplo en época de elecciones, pero como tales sucesos ocurrían muy esporádicamente casi lo había olvidado.

Leía lentamente, juntando las sílabas, murmurándolas a media voz como si las paladeara, y al tener dominada la palabra entera la repetía de un viaje. Luego hacía lo mismo con la frase completa, y de esa manera se apropiaba de los sentimientos e ideas plasmados en las páginas.

Cuando un paisaje le agradaba especialmente lo repetía muchas veces, todas las que estimara necesarias para descubrir cuán hermoso podía ser también el lenguaje humano.

Leía con ayuda de una lupa, la segunda de sus pertenencias queridas. La primera era la dentadura postiza.

Habitaba una choza de cañas de unos diez metros cuadrados en los que ordenaba el escaso mobiliario; la hamaca de yute, el cajón cervecero sosteniendo la hornilla de keroseno, y una mesa alta, muy alta, porque cuando sintió por primera vez dolores en la espalda supo que los años se le echaban encima y decidió sentarse lo menos posible.

Construyó entonces la mesa de patas largas y ella le servía para comer de pie y para leer sus novelas de amor.

La choza estaba protegida por una techumbre de paja tejida y tenía una ventana abierta al río. Frente a ella se arrimaba la alta mesa.

Junto a la puerta colgaba una deshilachada toalla y la barra de jabón renovada dos veces al año. Se trataba de un buen jabón, con penetrante olor a sebo, y lavaba bien la ropa, los platos, los tiestos de cocina, el cabello y el cuerpo.

En un muro, a los pies de la hamaca, colgaba un retrato retocado por un artista serrano, y en él se veía a una pareja joven.

El hombre, Antonio José Bolívar Proaño, vestía un traje azul riguroso, camisa blanca, y una corbata listada que sólo existió en la imaginación del retratista.

La mujer, Dolores Encarnación del Santísimo Sacramento Estupiñán Otavalo, vestía ropajes que sí existieron y continuaban existiendo en los rincones porfiados de la memoria, en los mismos en donde se embosca el tábano de la soledad.

Una mantilla de terciopelo azul confería dignidad a la cabeza sin ocultar del todo la brillante cabellera negra, partida al medio, en un viaje vegetal hacia la espalda. De las orejas pendían zarcillos circulares dorados, y el cuello lo rodeaban varias vueltas de cuentas también doradas.

La parte del pecho presente en el retrato enseñaba una blusa ricamente bordada a la manera otavaleña, y más arriba la mujer sonreía con una boca pequeña y roja.

Se conocieron de niños en San Luis, un poblado serrano aledaño al volcán Imbadura. Tenían trece años cuando los comprometieron, y luego de una fiesta celebrada dos años más tarde, de la que no participaron mayormente, inhibidos ante la idea de estar metidos en una aventura que les quedaba grande, resultó que estaban casados.

El matrimonio de niños vivió los primeros tres años de pareja en casa del padre de la mujer, un viudo, muy viejo, que se comprometió a testar en favor de ellos a cambio de cuidados y de rezos.

Al morir el viejo, rodeaban los diecinueve años y heredaron unos pocos metros de tierra, insuficientes para el sustento de una familia, además de algunos animales caseros que sucumbieron con los gastos del velorio.

Pasaba el tiempo. El hombre cultivaba la propiedad familiar y trabajaba en terrenos de otros propietarios. Vivían con apenas lo imprescindible, y lo único que les sobraba eran los comentarios maledicentes que no lo tocaban a él, pero se ensañaban con Dolores Encarnación del Santísimo Sacramento Estupiñán Otavalo.

La mujer no se embarazaba. Cada mes recibía con odiosa puntualidad sus sangres, y tras cada período menstrual aumentaba el aislamiento.

—Nació yerma —decían algunas viejas.

—Yo le vi las primeras sangres. En ellas venían guarisapos muertos —aseguraba otra.

—Está muerta por dentro. ¿Para qué sirve una mujer así? —comentaban.

Antonio José Bolívar Proaño intentaba consolarla y viajaban de curandero en curandero, probando toda clase de hierbas y ungüentos de la fertilidad.

Todo era en vano. Mes a mes la mujer se escondía en un rincón de la casa para recibir el flujo de la deshonra.

Decidieron abandonar la sierra cuando al hombre le propusieron una solución indignante.

—Puede que seas tú quien falla. Tienes que dejarla sola en las fiestas de San Luis.

Le proponían llevarla a los festejos de junio, obligarla a participar del baile y de la gran borrachera colectiva que ocurriría apenas se marchara el cura. Entonces, todos continuarían bebiendo tirados en el piso de la iglesia, hasta que el aguardiente de caña, el «puro» salido generoso de los trapiches ocasionara una confusión de cuerpos al amparo de la oscuridad.

Antonio José Bolívar Proaño se negó a la posibilidad de ser padre de un hijo de carnaval. Por otra parte, había escuchado acerca de un plan de colonización de la amazonía. El Gobierno prometía grandes extensiones de tierra y ayuda técnica a cambio de poblar territorios disputados al Perú. Tal vez un cambio de clima corregiría la anormalidad padecida por uno de los dos.

Poco antes de las festividades de San Luis reunieron las escasas pertenencias, cerraron la casa y emprendieron el viaje.

Llegar hasta el puerto fluvial de El Dorado les llevó dos semanas. Hicieron algunos tramos en bus, otros en camión, otros simplemente caminando, cruzando ciudades de costumbres extrañas, como Zamora o Loja, en donde los indígenas saragurus insisten en vestir de negro, perpetuando el luto por la muerte de Atahualpa.

Luego de otra semana de viaje, esta vez en canoa, con los miembros agarrotados por la falta de movimiento arribaron a un recodo de río. La única construcción era una enorme choza de calaminas que hacía de oficina, bodega

de semillas y herramientas, y vivienda de los recién llegados colonos. Eso era El Idilio.

Ahí, tras un breve trámite, les entregaron un papel pom-
posamente sellado que los acreditaba como colonos. Les
asignaron dos hectáreas de selva, un par de machetes, unas
palas, unos costales de semillas devoradas por el gorgojo,
y la promesa de un apoyo técnico que no llegaría jamás.

La pareja se dio a la tarea de construir precariamente
una choza, y enseguida se lanzaron a desbrozar el monte.
Trabajando desde el alba hasta el atardecer arrancaban
un árbol, unas lianas, unas plantas, y al amanecer del día
siguiente las veían crecer de nuevo, con vigor vengativo.

Al llegar la primera estación de las lluvias, se les termi-
naron las provisiones y no sabían qué hacer. Algunos colonos tenían armas, viejas escopetas, pero los animales del
monte eran rápidos y astutos. Los mismos peces del río
parecían burlarse saltando frente a ellos sin dejarse atrapar.

Aislados por las lluvias, por esos vendavales que no cono-
cían, se consumían en la desesperación de saberse condena-
dos a esperar un milagro, contemplando la incesante crecida
del río y su paso arrastrando troncos y animales hinchados.

Empezaron a morir los primeros colonos. Unos, por comer frutas desconocidas; otros, atacados por fiebres rápi-
das y fulminantes; otros desaparecían en la alargada panza de una boa quebrantahuesos que primero los envolvía,
los trituraba, y luego engullía en un prolongado y horrendo
proceso de ingestión.

Se sentían perdidos, en una estéril lucha con la lluvia
que en cada arremetida amenazaba con llevarles la choza,
con los mosquitos que en cada pausa del aguacero ataca-
ban con ferocidad imparable, adueñándose de todo el cuer-

po, picando, succionando, dejando ardientes ronchas y lar-
vas bajo la piel, las que al poco tiempo buscarían la luz
abriendo heridas supurantes en su camino hacia la libertad verde, con los animales hambrientos que merodeaban
en el monte poblándolo de sonidos estremecedores que no
dejaban conciliar el sueño, hasta que la salvación les vino
con el aparecimiento de unos hombres semidesnudos, de
rostros pintados con pulpa de achiote y adornos multico-
lores en las cabezas y en los brazos.

Eran los shuar que, compadecidos, se acercaban a echarles una mano.

De ellos aprendieron a cazar, a pescar, a levantar chozas estables y resistentes a los vendavales, a reconocer los
frutos comestibles y los venenosos, y, sobre todo, de ellos
aprendieron el arte de convivir con la selva.

Pasada la estación de las lluvias, los shuar les ayudaron a desbrozar laderas de monte, advirtiéndoles que todo
eso era en vano.

Pese a las palabras de los indígenas, sembraron las primeras semillas, y no les llevó demasiado tiempo descubrir
que la tierra era débil. Las constantes lluvias la lavaban
de tal forma que las plantas no recibían el sustento necesario y morían sin florecer, de debilidad, o devoradas por
los insectos.

Al llegar la siguiente estación de las lluvias, los campos
tan duramente trabajados se deslizaron ladera abajo con
el primer aguacero.

Dolores Encarnación del Santísimo Sacramento Estupiñán Otavalo no resistió el segundo año y se fue en medio
de fiebres altísimas, consumida hasta los huesos por la
malaria.

Antonio José Bolívar Proaño supo que no podía regresar al poblado serrano. Los pobres lo perdonan todo, menos el fracaso.

Estaba obligado a quedarse, a permanecer acompañado apenas por recuerdos. Quería vengarse de aquella región maldita, de ese infierno verde que le arrebatara el amor y los sueños. Soñaba con un gran fuego convirtiendo a la amazonía entera en una pira.

Y en su impotencia descubrió que no conocía tan bien la selva como para poder odiarla.

Aprendió el idioma shuar participando con ellos de las cacerías. Cazaban dantas, guatusas, capibaras, saínos, pequeños jabalíes de carne sabrosísima, monos, aves y reptiles. Aprendió a valerse de la cerbatana, silenciosa y efectiva en la caza, y de la lanza frente a los veloces peces.

Con ellos abandonó sus pudores de campesino católico. Andaba semidesnudo y evitaba el contacto con los nuevos colonos que lo miraban como a un demente.

Antonio José Bolívar Proaño nunca pensó en la palabra libertad, y la disfrutaba a su antojo en la selva. Por más que intentara revivir su proyecto de odio, no dejaba de sentirse a gusto en aquel mundo, hasta que lo fue olvidando, seducido por las invitaciones de aquellos parajes sin límites y sin dueños.

Comía en cuanto sentía hambre. Seleccionaba los frutos más sabrosos, rechazaba ciertos peces por parecerle lentos, rastreaba un animal de monte y al tenerlo a tiro de cerbatana su apetito cambiaba de opinión.

Al caer la noche, si deseaba estar solo se tumbaba bajo una canoa, y si en cambio precisaba compañía buscaba a los shuar.

Éstos lo recibían complacidos. Compartían su comida, sus cigarros de hoja, y charlaban largas horas escupiendo profusamente en torno a la eterna fogata de tres palos.

—¿Cómo somos? —le preguntaban.

—Simpáticos como una manada de micos, habladores como los papagayos borrachos, y gritones como los diablos.

Los shuar recibían las comparaciones con carcajadas y soltando sonoros pedos de contento.

—Allá, de donde vienes, ¿cómo es?

—Frío. Las mañanas y las tardes son muy heladas. Hay que usar ponchos largos, de lana, y sombreros.

—Por eso apestan. Cuando cagan ensucian el poncho.

—No. Bueno, a veces pasa. Lo que ocurre es que con el frío no podemos bañarnos como ustedes, cuando quieren.

—¿Los monos de ustedes también llevan poncho?

—No hay monos en la sierra. Tampoco saínos. No cazan las gentes de la sierra.

—¿Y qué comen, entonces?

—Lo que se puede. Papas, maíz. A veces un puerco o una gallina, para las fiestas. O un cuy en los días de mercado.

—¿Y qué hacen, si no cazan?

—Trabajar. Desde que sale el sol hasta que se oculta.

—¡Qué tontos!, ¡qué tontos! —sentenciaban los shuar.

A los cinco años de estar allí supo que nunca abandonaría aquellos parajes. Dos colmillos secretos se encargaron de transmitirle el mensaje.

De los shuar aprendió a desplazarse por la selva pisando con todo el pie, con los ojos y los oídos atentos a

todos los murmullos y sin dejar de balancear el machete
en ningún momento. En un instante de descuido lo cla-
vó en el suelo para acomodar la carga de frutos, y al in-
tentar asirlo nuevamente sintió los colmillos ardientes de
una equis entrando en su muñeca derecha.

Alcanzó a ver el reptil, de un metro de largo, alejándose, trazando equis en el suelo —de ahí le viene el
nombre— y él actuó con rapidez. Saltó blandiendo el machete en la misma mano atacada y lo cortó en varias lonjas hasta que la nube del veneno le tapó los ojos.

A tientas, buscó la cabeza del reptil, y sintiendo que
se le iba la vida marchó en pos de un caserío shuar.

Los indígenas lo vieron venir tambaleándose. Ya no conseguía hablar, pues la lengua, los miembros, todo el cuerpo, estaba hinchado de forma desmesurada. Parecía que
iba a reventar de un momento a otro, y alcanzó a ense-
ñar la cabeza del reptil antes de perder el conocimiento.

Despertó pasados varios días con el cuerpo todavía hinchado y tiritando de pies a cabeza cuando lo abandona-
ban las fiebres.

Un brujo shuar le devolvió la salud en un lento proceso curativo.

Brebajes de hierbas lo aliviaron del veneno. Baños de
ceniza fría atenuaron las fiebres y las pesadillas. Y una
dieta de sesos, hígados y riñones de mono le permitió caminar al cabo de tres semanas.

Durante la convalecencia le prohibieron alejarse del caserío, y las mujeres se mostraron rigurosas con el trata-
miento para lavar el cuerpo.

—Todavía tienes veneno dentro. Tienes que botar la mayor parte y dejar sólo la porción que te defenderá de nuevas mordeduras.

Lo atosigaban con frutos jugosos, aguas de hierbas y otros brebajes hasta hacerle orinar cuando ya no lo deseaba.

Al verlo totalmente repuesto, los shuar se le acercaron con obsequios. Una nueva cerbatana, un atado de dardos, un collar de perlas de río, un cintillo de plumas de tucán, palmoteándolo hasta hacerle comprender que había pasado por una prueba de aceptación determinada nada más que por el capricho de dioses juguetones, dioses menores, a menudo ocultos entre los escarabajos o entre las candelillas, cuando quieren confundir a los hombres y se visten de estrellas para indicar falsos claros de selva.

Sin dejar de homenajearlo, le pintaron el cuerpo con los colores tornasolados de la boa y le pidieron que danzara con ellos.

Era uno de los contados sobrevivientes a una mordedura de equis, y eso había que celebrarlo con la Fiesta de la Serpiente.

Al final de la celebración bebió por primera vez la natema, el dulce licor alucinógeno preparado hirviendo las raíces de la yahuasca, y en el sueño alucinado se vio a sí mismo como parte innegable de esos lugares en perpetuo cambio, como un pelo más de aquel infinito cuerpo verde, pensando y sintiendo como un shuar, y se descubrió de pronto vistiendo los atuendos del cazador experto, siguiendo huellas de un animal inexplicable, sin forma ni tamaño, sin olor y sin sonidos, pero dotado de dos brillantes ojos amarillos.

Fue una señal indescifrable que le ordenó quedarse, y
así lo hizo.

Más tarde tomó un compadre, Nushiño, un shuar lle-
gado también de lejos, tanto que la descripción de su lugar de origen se extraviaba entre los ríos afluentes del Gran
Marañón. Nushiño llegó un día con una herida de bala
en la espalda, recuerdo de una expedición civilizadora de
los militares peruanos. Llegó sin conocimiento y casi de-
sangrado, luego de penosos días de navegación a la deriva.

Los shuar de Shumbi lo curaron y, una vez repuesto,
le permitieron quedarse, pues la hermandad de sangre así
lo permitía.

Juntos recorrían la espesura. Nushiño era fuerte. Dotado de una cintura estrecha y anchos hombros, nadaba de-
safiando a los delfines de río, y estaba siempre de exce-
lente humor.

Se les veía rastreando una presa grande, meditando acerca del color de las boñigas dejadas por el animal, y al
estar seguros de tenerlo, Antonio José Bolívar esperaba
en un claro de selva mientras Nushiño sacaba a la presa
de la espesura obligándola a marchar al encuentro del dardo envenenado.

A veces cazaban algún saíno para los colonos, y el dinero que recibían de ellos no tenía otro valor que el de
cambio por un machete nuevo o por un costal de sal.

Cuando no cazaba en compañía del compadre Nushiño
se dedicaba a rastrear serpientes venenosas.

Sabía rodearlas silbando un tono agudo que las deso-
rientaba hasta acercarse a ellas, hasta tenerlas frente a frente. Ahí, repetía con un brazo los movimientos del reptil
hasta confundirlo, hasta pasar de la repetición a efectuar

él los movimientos que el reptil repetía, hipnotizado. Entonces el otro brazo actuaba certero. La mano cogía por
el cuello a la sorprendida serpiente y la obligaba a soltar
todas las gotas de veneno enterrando los colmillos en el
borde de una calabaza hueca.

Caída la última gota, el reptil aflojaba sus anillos, sin
fuerzas para seguir odiando, o entendiendo que su odio
era inútil, y Antonio José Bolívar lo arrojaba con desprecio entre el follaje.

Pagaban bien por el veneno. Cada medio año aparecía
el agente de un laboratorio en donde preparaban suero
antiofídico a comprar los frascos mortales.

Algunas veces el reptil resultó ser más rápido, pero no
le importó. Sabía que se hincharía como un sapo y que
deliraría de fiebres unos días, pero luego vendría el momento del desquite. Estaba inmune, y gustaba de fanfa-
rronear entre los colonos enseñando los brazos cubiertos
de cicatrices.

La vida en la selva templó cada detalle de su cuerpo.
Adquirió músculos felinos que con el paso de los años
se volvieron correosos. Sabía tanto de la selva como un
shuar. Era tan buen rastreador como un shuar. Nadaba
tan bien como un shuar. En definitiva, era como uno de
ellos, pero no era uno de ellos.

Por esa razón debía marcharse cada cierto tiempo, porque —le explicaban— era bueno que no fuera uno de ellos.
Deseaban verlo, tenerlo, y también deseaban sentir su
ausencia, la tristeza de no poder hablarle, y el vuelco ju-
biloso en el corazón al verle aparecer de nuevo.

Las estaciones de lluvias y de bonanza se sucedían. Entre estación y estación conoció los ritos y secretos de aquel

pueblo. Participó del diario homenaje a las cabezas redu-
cidas de los enemigos muertos como guerreros dignos, y
acompañando a sus anfitriones entonaba los *anents,* los
poemas cantos de gratitud por el valor transmitido y los deseos de una paz duradera.

Compartió el festín generoso ofrecido por los viejos que
decidían llegada la hora de «marcharse», y cuando éstos
se adormecían bajo los efectos de la chicha y de la natema, en medio de felices visiones alucinadas que les abrían
las puertas de futuras existencias ya delineadas, ayudó a
llevarlos hasta una choza alejada y a cubrir sus cuerpos
con la dulcísima miel de chonta.

Al día siguiente, entonando *anents* de saludos hacia
aquellas nuevas vidas, ahora con formas de peces, mari-
posas o animales sabios, participó del reunir huesos blancos, limpísimos, los innecesarios despojos de los ancianos
transportados a las otras vidas por las mandíbulas impla-
cables de las hormigas añango.

Durante su vida entre los shuar no precisó de las novelas de amor para conocerlo.

No era uno de ellos y, por lo tanto, no podía tener
esposas. Pero era como uno de ellos, de tal manera que
el shuar anfitrión, durante la estación de las lluvias, le
rogaba aceptar a una de sus mujeres para mayor orgullo
de su casta y de su casa.

La mujer ofrendada lo conducía hasta la orilla del río.
Ahí, entonando *anents,* lo lavaba, adornaba y perfuma-
ba, para regresar a la choza a retozar sobre una estera,
con los pies en alto, suavemente entibiados por una fogata, sin dejar en ningún momento de entonar *anents,* poemas nasales que describían la belleza de sus cuerpos y la

alegría del placer aumentado infinitamente por la magia de la descripción.

Era el amor puro sin más fin que el amor mismo. Sin posesión y sin celos.

—Nadie consigue atar un trueno, y nadie consigue apropiarse de los cielos del otro en el momento del abandono.

Así le explicó una vez el compadre Nushiño.

Viendo pasar el río Nangaritza hubiera podido pensar que el tiempo esquivaba aquel rincón amazónico, pero las aves sabían que poderosas lenguas avanzaban desde occidente hurgando en el cuerpo de la selva.

Enormes máquinas abrían caminos y los shuar aumentaron su movilidad. Ya no permanecían los tres años acostumbrados en un mismo lugar, para luego desplazarse y permitir la recuperación de la naturaleza. Entre estación y estación cargaban con sus chozas y los huesos de sus muertos alejándose de los extraños que aparecían ocupando las riberas del Nangaritza.

Llegaban más colonos, ahora llamados con promesas de desarrollo ganadero y maderero. Con ellos llegaba también el alcohol desprovisto de ritual y, por ende, la degeneración de los más débiles. Y, sobre todo, aumentaba la peste de los buscadores de oro, individuos sin escrúpulos venidos desde todos los confines sin otro norte que una riqueza rápida.

Los shuar se movían hacia el oriente buscando la intimidad de las selvas impenetrables.

Una mañana, Antonio José Bolívar descubrió que envejecía al errar un tiro de cerbatana. También le llegaba el momento de marcharse.

Tomó la decisión de instalarse en El Idilio y vivir de

la caza. Se sabía incapaz de determinar el instante de su propia muerte y dejarse devorar por las hormigas. Además, si lo conseguía, sería una ceremonia triste.

Él era como ellos, pero no uno de ellos, así que no tendría ni fiesta ni lejanía alucinada.

Un día, entregado a la construcción de una canoa resistente, definitiva, escuchó el estampido proveniente de un brazo de río, la señal que habría de precipitar su partida.

Corrió al lugar de la explosión y encontró a un grupo de shuar llorando. Le indicaron la masa de peces muertos en la superficie y al grupo de extraños que desde la playa les apuntaban con armas de fuego.

Era un grupo integrado por cinco aventureros, los que, para ganar una vía de corriente, habían volado con dinamita el dique de contención en donde desovaban los peces.

Todo ocurrió muy rápido. Los blancos, nerviosos ante la llegada de más shuar, dispararon alcanzando a dos indígenas y emprendieron la fuga en su embarcación.

Él supo que los blancos estaban perdidos. Los shuar tomaron un atajo, los esperaron en un paso estrecho, y desde ahí fueron presas fáciles para los dardos envenenados. Uno de ellos, sin embargo, consiguió saltar, nadó hasta la orilla opuesta y se perdió en la espesura.

Recién entonces se preocupó de los shuar caídos.

Uno había muerto con la cabeza destrozada por la perdigonada a corta distancia, y el otro agonizaba con el pecho abierto. Era su compadre Nushiño.

—Mala manera de marcharse —musitó, en una mueca de dolor, Nushiño, y con mano temblorosa le indicó su calabaza de curare.

—No me iré tranquilo, compadre. Andaré como un triste pájaro ciego, a choques con los árboles mientras su cabeza no cuelgue de una rama seca. Ayúdame, compadre.

Los shuar lo rodearon. Él conocía las costumbres de los blancos, y las débiles palabras de Nushiño le decían que llegaba el momento de pagar la deuda contraída cuando lo salvaron luego de la mordedura de la serpiente.

Le pareció justo pagar la deuda, y armado de una cerbatana cruzó a nado el río, lanzándose por primera vez a la caza del hombre.

No le costó dar con el rastro. El buscador de oro, en su desesperación, dejaba huellas tan nítidas que ni siquiera precisó buscarlas.

A los pocos minutos lo encontró aterrorizado frente a una boa dormida.

—¿Por qué lo hicieron? ¿Por qué dispararon?

El hombre le apuntó con su escopeta.

—Los jíbaros. ¿Dónde están los jíbaros?

—Al otro lado. No te siguen.

Aliviado, el buscador de oro bajó el arma y él aprovechó la situación para acertarle un golpe con la cerbatana.

Le dio mal. El buscador de oro vaciló sin llegar a desplomarse, y no tuvo más remedio que echársele encima.

Era un hombre fuerte, pero finalmente, tras forcejear, logró arrebatarle la escopeta.

Nunca antes tuvo un arma de fuego en sus manos, pero al ver cómo el hombre echaba mano al machete intuyó el lugar preciso en donde debía poner el dedo y la detonación provocó un revoloteo de pájaros asustados.

Asombrado ante la potencia del disparo, se acercó al hombre. Había recibido la doble perdigonada en pleno vientre y se revolcaba de dolor. Sin hacer caso de los alaridos le ató por los tobillos, lo arrastró hasta la orilla del río, y al dar las primeras brazadas sintió que el infeliz ya estaba muerto.

En la ribera opuesta lo esperaban los shuar. Se apresuraron en ayudarle a salir del río, mas al ver el cadáver del buscador de oro irrumpieron en un llanto desconsolado que no atinó a explicarse.

No lloraban por el extraño. Lloraban por él y por Nushiño.

Él no era uno de ellos, pero era como uno de ellos. En consecuencia, debió ultimarlo con un dardo envenenado, dándole antes la oportunidad de luchar como un valiente; así, al recibir la parálisis del curare, todo su valor permanecería en su expresión, atrapado para siempre en su cabeza reducida, con los párpados, nariz y boca fuertemente cosidos para que no escapase.

¿Cómo reducir aquella cabeza, aquella vida detenida en una mueca de espanto y de dolor?

Por su culpa, Nushiño no se iría. Nushiño permanecería como un papagayo ciego, dándose golpes contra los árboles, ganándose el odio de quienes no lo conocieron al chocar contra sus cuerpos, molestando el sueño de las boas dormidas, ahuyentando las presas rastreadas con su revoloteo sin rumbo.

Se había deshonrado, y al hacerlo era responsable de la eterna desdicha de su compadre.

Sin dejar de llorar, le entregaron la mejor canoa. Sin dejar de llorar lo abrazaron, le entregaron provisiones, y le dijeron que desde ese momento no era más bienveni-

do. Podría pasar por los caseríos shuar, pero no tenía
derecho a detenerse.

Los shuar empujaron la canoa y enseguida borraron sus
huellas de la playa.

Capítulo cuatro

Luego de cinco días de navegación, arribó a El Idilio. El lugar estaba cambiado. Una veintena de casas se ordenaba formando una calle frente al río, y al final una construcción algo mayor enseñaba en el frontis un rótulo amarillo con la palabra ALCALDÍA.

Había también un muelle de tablones que Antonio José Bolívar evitó, y navegó algunos metros más aguas abajo hasta que el cansancio le indicó un sitio en donde levantó la choza.

Al comienzo los lugareños lo rehuyeron mirándolo como a un salvaje al verle internarse en el monte, armado de la escopeta, una Remington del catorce heredada del único hombre que matara y de manera equivocada, pero pronto descubrieron el valor de tenerlo cerca.

Tanto los colonos como los buscadores de oro cometían toda clase de errores estúpidos en la selva. La depredaban sin consideración, y esto conseguía que algunas bestias se volvieran feroces.

A veces, por ganar unos metros de terreno plano talaban sin orden dejando aislada a una quebrantahuesos, y ésta se desquitaba eliminándoles una acémila, o cometían la torpeza de atacar a los saínos en época de celo, lo que transformaba a los pequeños jabalíes en monstruos agresivos. Y estaban también los gringos venidos desde las instalaciones petroleras.

Llegaban en grupos bulliciosos portando armas suficientes para equipar a un batallón, y se lanzaban monte adentro dispuestos a acabar con todo lo que se moviera. Se ensañaban con los tigrillos, sin diferenciar críos o hembras preñadas, y, más tarde, antes de largarse, se fotografiaban junto a las docenas de pieles estacadas.

Los gringos se iban, las pieles permanecían pudriéndose hasta que una mano diligente las arrojaba al río, y los tigrillos sobrevivientes se desquitaban destripando reces famélicas.

Antonio José Bolívar se ocupaba de mantenerlos a raya en tanto los colonos destrozaban la selva construyendo la obra maestra del hombre civilizado: el desierto.

Pero los animales duraron poco. Las especies sobrevivientes se tornaron más astutas, y, siguiendo el ejemplo de los shuar y otras culturas amazónicas, los animales también se internaron selva adentro, en un éxodo imprescindible hacia el oriente.

Antonio José Bolívar Proaño se quedó con todo el tiempo para sí mismo, y descubrió que sabía leer al mismo tiempo que se le pudrían los dientes.

Se preocupó de lo último al sentir cómo la boca expelía un aliento fétido acompañado de persistentes dolores en los maxilares.

Muchas veces presenció la faena del doctor Rubicundo Loachamín en sus viajes semestrales, y nunca se imaginó ocupando el sillón de los padecimientos, hasta que un día los dolores se hicieron insoportables y no tuvo más remedio que subir a la consulta.

—Doctor, en pocas palabras, me quedan pocos. Yo mismo me he sacado los que jodían demasiado, pero con lo de detrás no puedo. Límpieme la boca y discutamos el precio de una de esas placas tan bonitas.

En esa misma ocasión el Sucre desembarcó a una pareja de funcionarios estatales, los que al instalarse con una mesa bajo el portal de la alcaldía fueron tomados por recaudadores de algún nuevo impuesto.

El alcalde se vio obligado a usar todo su escaso poder de convicción para arrastrar a los escurridizos lugareños hasta la mesa gubernamental. Ahí, los dos aburridos emisarios del poder recogían los sufragios secretos de los habitantes de El Idilio, con motivo de unas elecciones presidenciales que habrían de celebrarse un mes más tarde.

Antonio José Bolívar llegó también hasta la mesa.

—¿Sabes leer? —le preguntaron.

—No me acuerdo.

—A ver. ¿Qué dice aquí?

Acercó, desconfiado, el rostro hasta el papel que le tendían, y se asombró de ser capaz de descifrar los signos oscuros.

—El se-ñor-señor-can-di-da-to-candidato.

—¿Sabes?, tienes derecho a voto.

—¿Derecho a qué?

—A voto. Al sufragio universal y secreto. A elegir democráticamente entre los tres candidatos que aspiren a la primera magistratura. ¿Entiendes?

—Ni una palabra. ¿Cuánto me cuesta ese derecho?

—Nada, hombre. Por algo es un derecho.

—¿Y a quién tengo que votar?

—A quién va a ser. A su excelencia, el candidato del pueblo.

Antonio José Bolívar votó al elegido, y a cambio del ejercicio de su derecho recibió una botella de Frontera.

Sabía leer.

Fue el descubrimiento más importante de toda su vida. Sabía leer. Era poseedor del antídoto contra el ponzoñoso veneno de la vejez. Sabía leer. Pero no tenía qué leer.

A regañadientes, el alcalde accedió a prestarle unos periódicos viejos que conservaba de manera visible, como pruebas de su innegable vinculación con el poder central, pero a Antonio José Bolívar no le parecieron interesantes.

La reproducción de párrafos de discursos pronunciados en el Congreso, en los que el honorable Bucaram aseguraba que a otro honorable se le aguaban los espermas, o un artículo detallando cómo Artemio Mateluna mató de veinte puñaladas, pero sin rencor, a su mejor amigo, o la crónica denunciando a la hinchada del Manta por haber capado a un árbitro de fútbol en el estadio, no le parecían alicientes tan grandes como para ejercitar la lectura. Todo eso ocurría en un mundo lejano, sin referencias que lo hicieran entendible y sin invitaciones que lo hicieran imaginable.

Cierto día, junto a las cajas de cerveza y a las bombonas de gas, el Sucre desembarcó a un aburrido clérigo enviado por las autoridades eclesiásticas con la misión de bautizar niños y terminar con los concubinatos. Tres días se quedó el fraile en El Idilio, sin encontrar a nadie dispuesto a llevarlo a los caseríos de los colonos. Al fin, aburrido ante la indiferencia de la clientela, se sentó en el muelle esperando a que el barco lo sacara de allí. Para

matar las horas de canícula sacó un viejo libro de su talego e intentó leer hasta que la voluntad del sopor fuese
mayor que la suya.

El libro en las manos del cura tuvo un efecto de carnada para los ojos de Antonio José Bolívar. Pacientemente,
esperó hasta que el cura, vencido por el sueño, lo dejó
caer a un costado.

Era una biografía de San Francisco que revisó furtivamente, sintiendo que al hacerlo cometía un latrocinio deleznable.

Juntaba las sílabas, y a medida que lo hacía las ansias
por comprender todo cuanto estaba en esas páginas lo llevaron a repetir a media voz las palabras atrapadas.

El cura despertó y miró divertido a Antonio José Bolívar con la nariz metida en el libro.

—¿Es interesante? —preguntó.

—Disculpe, eminencia. Pero lo vi dormido y no quise
molestarlo.

—¿Te interesa? —repitió el cura.

—Parece que habla mucho sobre animales —contestó
tímidamente. .

—San Francisco amaba a los animales. A todas las criaturas de Dios.

—Yo también los quiero. A mi manera. ¿Conoce usted
a San Francisco?

—No. Dios me privó de tal placer. San Francisco murió hace muchísimos años. Es decir, dejó la vida terrenal
y ahora vive eternamente junto al creador.

—¿Cómo lo sabe?

—Porque he leído el libro. Es uno de mis preferidos.

El cura enfatizaba sus palabras acariciando el gastado

empaste. Antonio José Bolívar lo miraba embelesado, sintiendo la comezón de la envidia.

—¿Ha leído muchos libros?

—Unos cuantos. Antes, cuando todavía era joven y no se me cansaban los ojos, devoraba toda obra que llegara a mis manos.

—¿Todos los libros tratan de santos?

—No. En el mundo hay millones y millones de libros. En todos los idiomas y tocan todos los temas, incluso algunos que deberían estar vedados para los hombres.

Antonio José Bolívar no entendió aquella censura, y seguía con los ojos clavados en las manos del cura, manos regordetas, blancas sobre el empaste oscuro.

—¿De qué hablan los otros libros?

—Te lo he dicho. De todos los temas. Los hay de aventuras, de ciencia, historias de seres virtuosos, de técnica, de amor...

Lo último le interesó. Del amor sabía aquello referido en las canciones, especialmente en los pasillos cantados por Julito Jaramillo, cuya voz de guayaquileño pobre escapaba a veces de una radio a pilas tornando taciturnos a los hombres. Según los pasillos, el amor era como la picadura de un tábano invisible, pero buscado por todos.

—¿Cómo son los libros de amor?

—De eso me temo que no puedo hablarte. No he leído más de un par.

—No importa. ¿Cómo son?

—Bueno, cuentan la historia de dos personas que se conocen, se aman y luchan por vencer las dificultades que les impiden ser felices.

El llamado del Sucre anunció el momento de zarpar y

no se atrevió a pedirle al cura que le dejase el libro. Lo
que sí le dejó, a cambio, fueron mayores deseos de leer.

Pasó toda la estación de las lluvias rumiando su des-
gracia de lector inútil, y por primera vez se vio acosado
por el animal de la soledad. Bicho astuto. Atento al menor descuido para apropiarse de su voz condenándolo a
largas conferencias huérfanas de auditorio.

Tenía que hacerse de lectura y para ello precisaba salir
de El Idilio. Tal vez no fuera necesario viajar muy lejos,
tal vez en El Dorado habría alguien que poseyera libros,
y se estrujaba la cabeza pensando en cómo hacer para
conseguirlos.

Cuando las lluvias amainaron y la selva se pobló de
animales nuevos, abandonó la choza, y, premunido de la
escopeta, varios metros de cuerda y el machete convenien-
temente afilado, se adentró en el monte.

Ahí permaneció por casi dos semanas, en los territorios
de los animales apreciados por los hombres blancos.

En la región de los micos, región de vegetación eleva-
da, vació unas docenas de cocos para preparar las trampas. Lo aprendió con los shuar y no era difícil. Bastaba
con vaciar los cocos haciéndoles una abertura de no más
de una pulgada de diámetro, hacerles en el otro lado un
agujero que permitiera pasar una cuerda y asegurarla por
dentro mediante un apretado nudo ciego. El otro extremo de la cuerda se ataba a un tronco y finalmente se
metían algunos guijarros en la calabaza. Los micos, ob-
servándolo todo desde la altura, apenas esperarían a que
se marchara para bajar a comprobar el contenido de las
calabazas. Las tomarían, las agitarían, y al escuchar el
sonido de sonajero producido por los guijarros meterían

una mano tratando de sacarlos. En cuanto tuvieran una piedrecita en la mano, la empuñarían, los muy avaros, y lucharían inútilmente por sacarla.

Dispuso las trampas, y antes de dejar la región de los micos buscó un papayo alto, uno de los con razón llamados papayos del mico, tan altos, que solamente ellos conseguían llegar hasta los frutos deliciosamente asoleados y muy dulces.

Meció el tronco hasta que cayeron dos frutos de pulpa fragante, y se encaminó hasta la región de los loros, papagayos y tucanes.

Cargaba los frutos en el morral y caminaba buscando los claros de selva, evitando encuentros con animales no deseados.

Una serie de quebradas lo condujeron hasta una zona de vegetación frondosa, poblada de avisperos y panales de abejas laboriosas, veteada de mierda de pájaros por todas partes. En cuanto se internó en esa espesura se produjo un silencio que duró varias horas, hasta que las aves se acostumbraron a su presencia.

Con lianas y bejucos fabricó dos jaulas de tejido cerrado, y al tenerlas listas buscó plantas de yahuasca.

Entonces desmenuzó las papayas, mezcló la olorosa pulpa amarilla de los frutos con el zumo de las raíces de yahuasca conseguido a golpes de mango de machete, y, fumando, esperó a que la mezcla fermentase. Probó. Sabía dulce y fuerte. Satisfecho, se alejó hasta un riachuelo, en donde acampó hartándose de peces.

Al día siguiente comprobó el éxito obtenido con las trampas.

En la región de los micos encontró a una docena de

animales fatigados por el estéril esfuerzo de liberar sus manos empuñadas, atrapadas en las calabazas. Seleccionó tres parejas jóvenes, las metió en una de las jaulas y liberó al resto de los micos.

Más tarde, en donde había dejado los frutos fermentados encontró a una multitud de loros, papagayos y otras aves durmiendo en las posiciones más inimaginables. Algunos intentaban caminar con pasos vacilantes o trataban de levantar el vuelo batiendo las alas sin coordinación.

Metió en una jaula una pareja de guacamayos oro y azul, y otra de loritos shapul, apreciados por habladores, y se despidió de las demás aves deseándoles un buen despertar. Sabía que la borrachera les duraría un par de días.

Con el botín a la espalda regresó a El Idilio, y esperó a que la tripulación del Sucre terminara con las faenas de carga para acercarse al patrón.

—Sucede que tengo que viajar para El Dorado y que no tengo dinero. Usted me conoce. Me lleva, y le pago más allá, en cuanto venda los bichitos.

El patrón echó una mirada a las jaulas y se rascó la barba de varios días antes de responder.

—Con uno de los loritos me doy por pagado. Hace tiempo le prometí uno a mi hijo.

—Entonces le separo una pareja y queda también cubierto el pasaje de regreso. Además, estos pajaritos se mueren de tristeza si se les separa.

Durante la travesía charló con el doctor Rubicundo Loachamín y lo puso al tanto de las razones de su viaje. El dentista lo escuchaba divertido.

—Pero, viejo, si querías disponer de unos libros, ¿por

qué no me hiciste antes el encargo? De seguro que en Guayaquil te los hubiera conseguido.

—Se le agradece, doctor. El asunto es que todavía no sé cuáles libros quiero leer. Pero en cuanto lo sepa le cobraré la oferta.

El Dorado no era, en ningún caso, una ciudad grande. Tenía un centenar de viviendas, la mayoría de ellas alineadas frente al río, y su importancia radicaba en el cuartel de policía, en un par de oficinas del Gobierno, en una iglesia y una escuela pública poco concurrida. Para Antonio José Bolívar Proaño, luego de cuarenta años sin abandonar la selva, era regresar al mundo enorme que antaño conociera.

El dentista le presentó a la única persona capaz de ayudarle en sus propósitos, la maestra de escuela, y consiguió también que el viejo pudiera pernoctar en el recinto escolar, una enorme habitación de cañas provista de cocina, a cambio de ayudar en las tareas domésticas y en la confección de un herbario.

Una vez vendidos los micos y los loros, la maestra le enseñó su biblioteca.

Se emocionó de ver tanto libro junto. La maestra poseía unos cincuenta volúmenes ordenados en un armario de tablas, y se entregó a la placentera tarea de revisarlos ayudado por la lupa recién adquirida.

Fueron cinco meses durante los cuales formó y pulió sus preferencias de lector, al mismo tiempo que se llenaba de dudas y respuestas.

Al revisar los textos de geometría se preguntaba si verdaderamente valía la pena saber leer, y de esos libros guardó una frase larga que soltaba en los momentos de mal

humor: «La hipotenusa es el lado opuesto al ángulo rec-
to en un triángulo rectángulo». Frase que más tarde cau-
saba estupor entre los habitantes de El Idilio, y la recibían como un trabalenguas absurdo o una abjuración in-
contestable.

Los textos de historia le parecieron un corolario de mentiras. Cómo era posible que esos señoritos pálidos, con
guantes hasta los codos a apretados calzones de funám-
bulo, fueran capaces de ganar batallas. Bastaba verlos con
los bucles bien cuidados, mecidos por el viento, para darse cuenta de que aquellos tipos no eran capaces de matar
una mosca. De tal manera que los episodios históricos fueron desechados de sus gustos de lector.

Edmundo D'Amicis y *Corazón* lo mantuvieron ocupa-
do casi la mitad de su estadía en El Dorado. Por ahí marcha el asunto. Ése era un libro que se pegaba a las manos y los ojos le hacían quites al cansancio para seguir
leyendo, pero tanto va el cántaro al agua que una tarde
se dijo que tanto sufrimiento no podía ser posible y tanta
mala pata no entraba en un solo cuerpo. Había que ser
muy cabrón para deleitarse haciendo sufrir de esa manera
a un pobre chico como El Pequeño Lombardo, y, por
fin, luego de revisar toda la biblioteca, encontró aquello
que realmente deseaba.

*El Rosario,* de Florence Barclay, contenía amor, amor
por todas partes. Los personajes sufrían y mezclaban la
dicha con los padecimientos de una manera tan bella, que
la lupa se le empañaba de lágrimas.

La maestra, no del todo conforme con sus preferencias
de lector, le permitió llevarse el libro, y con él regresó
a El Idilio para leerlo una y cien veces frente a la venta-

na, tal como se disponía a hacerlo ahora con las novelas
que le trajera el dentista, libros que esperaban insinuan-
tes y horizontales sobre la alta mesa, ajenos al vistazo
desordenado a un pasado sobre el que Antonio José Bolívar Proaño prefería no pensar, dejando los pozos de la
memoria abiertos, para llenarlos con las dichas y los tor-
mentos de amores más prolongados que el tiempo.

Capítulo cinco

Con las primeras sombras de la tarde se desató el diluvio y a los pocos minutos era imposible ver más allá de un brazo extendido. El viejo se tendió en la hamaca esperando la llegada del sueño, mecido por el violento y monocorde murmullo del agua omnipresente.

Antonio José Bolívar Proaño dormía poco. A lo más cinco horas por la noche y dos a la hora de la siesta. Con eso le bastaba. El resto del tiempo lo dedicaba a las novelas, a divagar acerca de los misterios del amor y a imaginarse los lugares en donde acontecían las historias.

Al leer acerca de ciudades llamadas París, Londres o Ginebra, tenía que realizar un enorme esfuerzo de concentración para imaginárselas. Una sola vez visitó una ciudad grande, Ibarra, de la que recordaba sin mayor precisión las calles empedradas, las manzanas de casas bajas, parejas, todas blancas, y la Plaza de Armas repleta de gentes paseándose frente a la catedral.

Ésa era su mayor referencia del mundo, y al leer las tramas acontecidas en ciudades de nombres lejanos y serios como Praga o Barcelona, se le antojaba que Ibarra, por su nombre, no era una ciudad apta para amores inmensos.

Durante el viaje a la amazonía, él y Dolores Encarna-

ción del Santísimo Sacramento Estupiñán Otavalo pasaron por otras dos ciudades, Loja y Zamora, pero las vieron muy fugazmente, de manera que no podía decir si
en ellas el amor encontraría territorio.

Pero, sobre todo, le gustaba imaginar la nieve.

También de niño la vio como una piel de cordero puesta
a secar en los bordes del volcán Imbabura, y en algunas
ocasiones le parecía una extravagancia imperdonable que
los personajes de las novelas la pisaran sin preocuparse
por si la ensuciaban.

Cuando no llovía, abandonaba la hamaca de noche y
bajaba hasta el río para asearse. Enseguida cocinaba las
porciones de arroz para el día, freía lonjas de banano verde, y si disponía de carne de mono acompañaba las comidas con unos buenos pedazos.

Los colonos no apreciaban la carne de mono. No entendían que esa carne dura y apretada proveía de muchí-
simas más proteínas que la carne de los puercos o vacas
alimentadas con pasto elefante, pura agua, y que no sabía a nada. Por otra parte, la carne de mono requería
ser masticada largo tiempo, y en especial a los que no
tenían dientes propios les entregaba la sensación de haber
comido mucho sin cargar innecesariamente el cuerpo.

Bajaba las comidas con café cerrero tostado en una ca-
llana de fierro y molido a piedra, el que endulzaba con
panela y fortalecía con unos chorritos de Frontera.

En la estación de las lluvias las noches se prolongaban
y se daba el gusto de quedarse en la hamaca hasta que
los deseos de orinar o el hambre lo impulsaban a aban-
donarla.

Lo mejor de la estación de las lluvias era que bastaba

con bajar al río, sumergirse, mover unas piedras, hurgar en el lecho fangoso, y ya se disponía de una docena de camarones gordos para el desayuno.

Así lo hizo esa mañana. Se desnudó, se ató a la cintura una cuerda cuyo otro extremo estaba firmemente atado a un pilote, no fuera cosa que llegara una crecida súbita o un tronco a la deriva, y con el agua en las tetillas se sumergió.

El río corría espeso hasta en el fondo, pero sus manos expertas tantearon el fango luego de mover una piedra hasta que los camarones se le prendieron de los dedos con sus vigorosas tenazas.

Emergió con un puñado de bichos moviéndose frenéticos, y se aprestaba a salir del agua cuando escuchó los gritos.

—¡Una canoa! ¡Viene una canoa!

Agudizó la vista tratando de descubrir la embarcación, mas la lluvia no permitía ver nada. El manto de agua caía sin descanso perforando la superficie del río con millones de pinchazos, con tal intensidad que ni siquiera alcanzaban a formarse aureolas.

¿Quién podría ser? Sólo un demente se atrevería a navegar en medio del aguacero.

Escuchó cómo los gritos se repetían y divisó unas inciertas figuras corriendo hacia el muelle.

Se vistió, dejó los camarones tapados con un tarro a la entrada de la choza, y cubriéndose con un manto de plástico se dirigió también al lugar.

Los hombres se hicieron a un lado al ver llegar al alcalde. El gordo venía sin camisa, y, protegido bajo un amplio paraguas negro, soltaba agua por todo el cuerpo.

—¿Qué demonios pasa? —gritó el alcalde acercándose a la orilla.

Como toda respuesta le indicaron la canoa atada a uno de los pilares. Era una de aquellas embarcaciones mal construidas por los buscadores de oro. Llegó semisumergida, flotando nada más que por ser de madera. A bordo se mecía el cuerpo de un individuo con la garganta destrozada y los brazos desgarrados. Las manos, asomadas a los costados de la embarcación, mostraban los dedos mordisqueados por los peces, y no tenía ojos. Los gallos de peña, esos pequeños y fuertes pájaros rojos, los únicos capaces de volar en medio del diluvio, se habían encargado de quitarle toda expresión.

El alcalde ordenó que subieran el cuerpo, y al tenerlo sobre las tablas del muelle lo reconocieron por la boca.

Era Napoleón Salinas, un buscador de oro que la tarde anterior se hizo atender por el dentista. Salinas era uno de los pocos individuos que no se sacaban los dientes podridos, y prefería que se los parcharan con pedazos de oro. Tenía la boca llena de oro y ahora enseñaba los dientes en una sonrisa que no provocaba admiración, mientras la lluvia le alisaba los cabellos.

El alcalde buscó al viejo con la mirada.

—¿Y? ¿La gata de nuevo?

Antonio José Bolívar Proaño se inclinó junto al muerto sin dejar de pensar en los camarones que había dejado prisioneros. Abrió la herida del cuello, examinó los desgarros de los brazos, para asentir finalmente con un movimiento de cabeza.

—Qué diablos, uno menos. Tarde o temprano, se lo iba a llevar la parca —comentó el alcalde.

El gordo tenía razón. Durante la época de lluvias los
buscadores de oro permanecían encerrados en sus chozas
mal construidas, esperando por las pocas pausas que no
duraban demasiado y eran más bien respiros que se daban las nubes para luego dejar caer su carga con mayores bríos.

Se tomaban muy al pie de la letra aquello de «el tiempo es oro», y si las lluvias no se daban un descanso juga-
ban a las cuarenta con naipes grasientos, de figuras a menudo irreconocibles, odiándose, deseando ser dueños del
garrote del Rey de Bastos, codiciándose mutuamente, y
al finalizar el diluvio era normal que varios de ellos desa-
parecieran, quién sabe si tragados por la corriente o por
la voracidad de la selva.

A veces, desde el muelle de El Idilio miraban pasar un
cuerpo hinchado entre las ramas y troncos arrastrados por
la crecida, y nadie se preocupaba de echarle un lazo.

Napoleón Salinas tenía la cabeza colgando y sólo los
brazos desgarrados indicaban que trató de defenderse.

El alcalde vació los bolsillos. Encontró un desteñido do-
cumento identificatorio, algunas monedas, restos de tabaco y una bolsita de cuero. La abrió, y contó veinte pepitas de oro, pequeñas como granos de arroz.

—¿Y bien, experto, qué opinas?

—Lo mismo que usted, excelencia. Salió de aquí tarde,
bastante borracho, lo sorprendió el aguacero y se arrimó
a la orilla para pernoctar. Ahí lo atacó la hembra. Herido y todo, consiguió llegar hasta la canoa, pero se desan-
gró rápidamente.

—Me gusta que estemos de acuerdo —dijo el gordo.

El alcalde ordenó a uno de los reunidos que le sostu-

viera el paraguas para tener las manos libres, y repartió
las pepitas de oro entre los presentes. Tras recobrar el
paraguas, empujó al muerto con un pie hasta que cayó
de cabeza al agua. El cuerpo se hundió pesadamente y
la lluvia impidió ver en dónde volvió a salir a flote.

Satisfecho, el alcalde sacudió el paraguas en ademán de
marcharse, pero al ver que ninguno lo secundaba, y que
todos miraban al viejo, escupió malhumorado.

—Bueno, se acabó la función. ¿Qué esperan?

Los hombres seguían mirando al viejo. Lo obligaron
a hablar.

—El caso es que si uno navega y lo sorprende la noche, ¿a cuál lado se arrima para pernoctar?

—Al más seguro. Al nuestro —respondió el gordo.

—Usted lo ha dicho, excelencia. Al nuestro. Siempre
se busca este lado, porque, si en una de ésas se pierde
la canoa, queda el recurso de regresar al poblado abriéndose sendero a machete. Eso mismo pensó el pobre Salinas.

—¿Y? ¿Qué importa ahora?

—Mucho importa. Si lo piensa un poco, descubrirá que
el animal también se encuentra a este lado. ¿O cree que los
tigrillos se meten al río con este tiempo?

Las palabras del viejo produjeron comentarios nerviosos, y los hombres deseaban oír algo del alcalde. Después
de todo la autoridad tenía que servir para algo práctico.

El gordo sentía la espera como una agresión y simulaba meditar encogiendo el obeso cogote bajo el paraguas
negro. La lluvia arreció de pronto, y las bolsas plásticas
que cubrían a los hombres se les pegaron como una segunda piel.

—El bicho anda lejos. ¿No vieron cómo venía el fiambre? Sin ojos y medio comido por los animales. Eso no ocurre en una hora, ni en cinco. No veo motivos para cagarse en los pantalones —bravuconeó el alcalde.

—Puede ser. Pero también es cierto que el muerto no venía del todo tieso, y no apestaba —agregó el viejo.

No dijo nada más ni esperó otro comentario del alcalde. Dio media vuelta y se marchó pensando en si comería los camarones fritos o cocidos.

Al entrar en la choza, por entre la capa de lluvia pudo ver sobre el muelle la solitaria y obesa silueta del alcalde bajo el paraguas, como un enorme y oscuro hongo recién crecido sobre las tablas.

Capítulo seis

Luego de comer los sabrosos camarones, el viejo limpió prolijamente su placa dental y la guardó envuelta en el pañuelo. Acto seguido, despejó la mesa, arrojó los restos de comida por la ventana, abrió una botella de Frontera y se decidió por una de las novelas.

Lo rodeaba la lluvia por todas partes y el día le entregaba una intimidad inigualable.

La novela empezaba bien.

«Paul la besó ardorosamente en tanto el gondolero, cómplice de las aventuras de su amigo, simulaba mirar en otra dirección, y la góndola, provista de mullidos cojines, se deslizaba apaciblemente por los canales venecianos.»

Leyó el pasaje varias veces, en voz alta.

¿Qué demonios serían las góndolas?

Se deslizaban por los canales. Debía tratarse de botes o canoas, y, en cuanto a Paul, quedaba claro que no se trataba de un tipo decente, ya que besaba «ardorosamente» a la niña en presencia de un amigo, y cómplice por añadidura.

Le gustó el comienzo.

Le pareció muy acertado que el autor definiera a los malos con claridad desde el principio. De esa manera se evitaban complicaciones y simpatías inmerecidas.

Y en cuanto a besar, ¿cómo decía? «Ardorosamente». ¿Cómo diablos se haría eso?

Recordó haber besado muy pocas veces a Dolores Encarnación del Santísimo Sacramento Estupiñán Otavalo. A lo mejor en una de esas contadas ocasiones lo hizo así, ardorosamente, como el Paul de la novela, pero sin saberlo. En todo caso, fueron muy pocos besos porque la mujer, o respondía con ataques de risa, o señalaba que podía ser pecado.

Besar ardorosamente. Besar. Recién descubrió que lo había hecho muy pocas veces y nada más que con su mujer, porque entre los shuar besar era una costumbre desconocida.

Entre hombres y mujeres existían las caricias, por todo el cuerpo, y no les importaba si había otras personas. En el momento del amor tampoco besaban. Las mujeres preferían sentarse encima del hombre argumentando que en esa posición sentían más el amor, y por lo tanto los *anents* que acompañaban el acto resultaban mucho más sentidos.

No. Los shuar no besaban.

Recordó también cómo, en una oportunidad, vio a un buscador de oro tumbando a una jíbara, una pobre mujer que deambulaba entre los colonos y los aventureros implorando por un buche de aguardiente. El que tuviera ganas la arrinconaba y la poseía. La pobre mujer, embrutecida por el alcohol, no se daba cuenta de lo que hacían con ella. Esa vez, el aventurero la montó sobre la arena y le buscó la boca con la suya.

La mujer reaccionó como una bestia. Desmontó al hombre, le lanzó un puñado de arena a los ojos y se largó a vomitar con un asco indisimulable.

Si en eso consistía besar ardorosamente, entonces el Paul de la novela no era más que un puerco.

Al caer la hora de la siesta había leído y reflexionado unas cuatro páginas, y estaba molesto ante su incapacidad de imaginar Venecia con los rasgos adjudicados a otras ciudades también descubiertas en novelas.

Al parecer, en Venecia las calles estaban anegadas y, por eso, las gentes precisaban movilizarse en góndolas.

Las góndolas. La palabra «góndola» consiguió seducirlo finalmente, y pensó en llamar así a su canoa. La Góndola del Nangaritza.

En medio de tales pensamientos lo envolvió el sopor de las dos de la tarde y se tendió en la hamaca, sonriendo socarronamente al imaginar personas abriendo las puertas de sus casas y cayendo a un río apenas daban el primer paso.

Por la tarde, luego de darse una nueva panzada de camarones, se dispuso a continuar la lectura, y se aprestaba a hacerlo cuando un griterío lo distrajo obligándolo a asomar la cabeza al aguacero.

Por el sendero corría una acémila enloquecida entre estremecedores rebuznos, y lanzando coces a quienes intentaban detenerla. Picado por la curiosidad, se echó una capa plástica sobre los hombros y salió a ver qué ocurría.

Tras un gran esfuerzo, los hombres consiguieron rodear al esquivo animal y, evitando las patadas, fueron cerrando el cerco. Algunos caían para levantarse cubiertos de lodo, hasta que por fin lograron tomar el animal por las bridas e inmovilizarlo.

La acémila mostraba profundas heridas a los costados

y sangraba copiosamente por un desgarro que empezaba en la cabeza y terminaba en el pecho de pelambre rala.

El alcalde, esta vez sin paraguas, ordenó que la tumbaran y le despachó el tiro de gracia. El animal recibió el impacto, lanzó un par de patadas al aire y se quedó quieto.

—Es la acémila de Alkasetzer Miranda —dijo alguien.

Los demás asintieron. Miranda era un colono afincado a unos siete kilómetros de El Idilio. Ya no cultivaba sus tierras arrebatadas por el monte y regentaba un miserable puesto de venta de aguardiente, tabaco, sal y alkasetzer —de ahí le venía el mote—, en el que se proveían los buscadores de oro cuando no querían llegar hasta el poblado.

La acémila llegó ensillada, y eso aseguraba que el jinete debía estar en alguna parte.

El alcalde ordenó prepararse para salir al otro día temprano hasta el puesto de Miranda, y encargó a dos hombres que faenaran el animal.

Los machetes actuaron certeros bajo la lluvia. Entraban en las carnes famélicas, salían ensangrentados, y al disponerse a caer de nuevo, venciendo la resistencia de algún hueso, estaban impecablemente lavados por el aguacero.

La carne troceada fue llevada hasta el portal de la alcaldía y el gordo la repartió entre los presentes.

—Tú. ¿Qué parte quieres, viejo?

Antonio José Bolívar respondió que sólo un trozo de hígado, entendiendo que la gentileza del gordo lo inscribía en la partida.

Con el pedazo de hígado caliente en la mano regresó a la choza, seguido por los hombres que cargaban la cabeza y otras partes indeseadas del animal para botarlas al río. Ya oscurecía, y entre el rumor de la lluvia se escuchaba el ladrido de los perros disputándose las enlodadas tripas de la nueva víctima.

Mientras freía el hígado tirándole palitos de romero, maldijo el incidente que lo sacaba de su tranquilidad. Ya no podría concentrarse en la lectura, obligado a pensar en el alcalde como cabeza de expedición al otro día.

Todos sabían que el alcalde le tenía ojeriza, y con seguridad la bronca había aumentado luego del incidente con los shuar y el gringo muerto.

El gordo podría causarle problemas, y se lo había hecho saber antes.

Malhumorado, se puso la dentadura postiza y masticó los secos pedazos de hígado. Muchas veces escuchó decir que con los años llega la sabiduría, y él esperó, confiado en que tal sabiduría le entregara lo que más deseaba: ser capaz de guiar el rumbo de los recuerdos y no caer en las trampas que éstos tendían a menudo.

Pero, una vez más, cayó en la trampa y dejó de sentir el rumor monótono del aguacero.

Hacía varios años desde la mañana en que al muelle de El Idilio arribó una embarcación nunca antes vista. Una lancha plana de motor que permitía viajar cómodamente a unas ocho personas, sentadas de dos en dos, no como en la entumecedora fila india de los viajes en canoa.

En la novedosa embarcación llegaron cuatro norteamericanos provistos de cámaras fotográficas, víveres y artefactos de uso desconocido. Permanecieron adulando y atosigando de whisky al alcalde varios días, hasta que el gor-

do, muy ufano, se acercó con ellos hasta su choza, seña-
lándolo como el mejor conocedor de la amazonía.

El gordo apestaba a trago y no dejaba de nombrarlo
su amigo y colaborador, mientras los gringos los fotografiaban, y no sólo a ellos, a todo lo que se pusiera frente
a sus cámaras.

Sin pedir permiso entraron a la choza, y uno de ellos,
luego de reír a destajo, insistió en comprar el retrato que
lo mostraba junto a Dolores Encarnación del Santísimo
Sacramento Estupiñán Otavalo. El gringo se atrevió a des-
colgar el retrato y lo metió en su mochila, dejándole a
cambio un puñado de billetes encima de la mesa.

Le costó sobreponerse a la bronca y sacar el habla.

—Dígale al hijo de puta que, como no deje el retrato
en donde estaba, le meto los dos cartuchos de la escopeta
y le vuelo los huevos. Y conste que siempre la tengo car-
gada.

Los intrusos entendían castellano, y no precisaron que
el gordo les detallara las intenciones del viejo. Amistoso,
les pidió comprensión, arguyó que los recuerdos eran sa-
grados en esas tierras, que no lo tomaran a mal, que los
ecuatorianos, y especialmente él, apreciaban mucho a
los norteamericanos, y que si se trataba de llevarse buenos recuerdos él mismo se encargaría de proporcionárselos.

En cuanto tuvo el retrato colgado en el lugar de siempre, el viejo accionó los percutores de la escopeta y los
conminó a marcharse.

—Viejo pendejo. Me estás haciendo perder un gran negocio. Los dos estamos perdiendo un gran negocio. Ya
te devolvió el retrato. ¿Qué más quieres?

—Que se marchen. No hago negocios con quienes no saben respetar la casa ajena.

El alcalde quiso agregar algo, mas al ver cómo los visitantes hacían un mohín de desprecio antes de emprender el regreso, se enfureció.

—El que se va a marchar eres tú, viejo de mierda.

—Yo estoy en mi casa.

—¿Ah, sí? ¿Nunca te has preguntado a quién pertenece el suelo en donde levantas tu inmunda covacha?

Antonio José Bolívar se sintió verdaderamente sorprendido con la pregunta. Alguna vez tuvo un papel membreteado que lo acreditaba como poseedor de dos hectáreas de tierra, pero ellas estaban varias leguas río arriba.

—Esto no es de nadie. No tiene dueño.

El alcalde rió triunfante.

—Pues te equivocas. Todas las tierras junto al río, desde la orilla hasta los cien metros tierra adentro, pertenecen al Estado. Y, por si se te olvida, aquí el Estado soy yo. Ya hablaremos. De ésta que me hiciste no me olvido, y yo no soy de los que perdonan.

Sintió deseos de oprimir los gatillos y descargarle la escopeta. Incluso imaginó la doble perdigonada entrándole por la voluminosa barriga, impulsándolo hacia atrás al tiempo que la descarga salía llevándole el triperío y parte de la espalda.

El gordo, al ver los ojos encendidos del viejo, optó por alejarse rápido y al trote alcanzó al grupo de norteamericanos.

Al día siguiente la embarcación plana dejó el muelle con tripulación aumentada. A los cuatro norteamericanos se agregaron un colono y un jíbaro recomendados por el alcalde como conocedores de la selva.

Antonio José Bolívar Proaño se quedó esperando la visita del gordo con la escopeta preparada.

Pero el gordo no se acercó a la choza. Quien sí lo hizo fue Onecén Salmudio, un octogenario oriundo de Vilcabamba. El anciano le prodigaba simpatía por el hecho de ser ambos serranos.

—¿Qué hubo, paisano? —saludó Onecén Salmudio.

—Nada, paisano. ¿Qué va a haber?

—Yo sé que hay algo, paisano. La Babosa se me acercó también pidiéndome que acompañara a los gringos monte adentro. Apenas logré convencerlo de que a mis años no llego muy lejos. Cómo me aduló la Babosa. Me repetía a cada rato que los gringos se sentirían felices conmigo, considerando que también tengo nombre de gringo.

—¿Cómo así, paisano?

—Pero sí. Onecén es el nombre de un santo de los gringos. Aparece en sus moneditas y se escribe separado con una letra «te» al final. *One cent.*

—Algo me dice que no vino para hablarme de su nombre, paisano.

—No. Vengo a decirle que tenga cuidado. La Babosa le agarró tirria. Delante mío les pidió a los gringos que cuando vuelvan a El Dorado hablen con el comisario para que éste le mande una pareja de rurales. Piensa botarle la casa, paisano.

—Tengo munición para todos —aseguró sin convencimiento. Y en las noches siguientes no concilió el sueño.

El bálsamo contra el insomnio le llegó una semana más tarde al ver aparecer la embarcación plana. No fue un arribo elegante el que hicieron. Chocaron contra los pilotes del muelle y ni se preocuparon de subir la carga. Venían sólo tres norteamericanos, y apenas saltaron a tierra partieron disparados en busca del alcalde.

Al poco rato lo visitó el gordo, en son de paz.

—Mira, viejo, hablando se entienden los cristianos. Lo que te dije es cierto. Tu casa se levanta en terrenos del Estado y no tienes derecho a seguir aquí. Es más, yo debería detenerte por ocupación ilegal, pero somos amigos y, así como una mano lava la otra y las dos lavan el culo, tenemos que ayudarnos.

—¿Y qué quiere ahora de mí?

—En primer lugar, que me escuches. Voy a contarte lo ocurrido. A la segunda acampada se les arrancó el jíbaro con un par de botellas de whisky. Tú sabes cómo son los salvajes. No piensan más que en robar. Y, bueno, el colono les dijo que no importaba. Los gringos querían llegar bien adentro y fotografiar a los shuar. No sé qué les gusta tanto de esos indios en pelotas. El asunto es que el colono los guió sin problemas hasta las inmediaciones de la cordillera del Yacuambi, y dicen que ahí los atacaron los monos. No les entendí todo, porque vienen histéricos y todos hablan al mismo tiempo. Dicen que los monos mataron al colono y a uno de ellos. No puedo creerlo. ¿Cuándo se ha visto que los micos maten a las personas? Además, de una sola patada se despacha a una docena. No puedo entenderlo. Para mí que fueron los jíbaros. ¿Qué opinas?

—Usted sabe que los shuar evitan meterse en problemas. Seguro que no vieron ni a uno. Si, como dicen, el colono los llevó hasta la cordillera del Yacuambi, sepa

que hace tiempo que los shuar se marcharon de ahí. Y
sepa también que los monos atacan. Es cierto que son
pequeños, pero mil de ellos destrozan un caballo.

—No lo entiendo. Los gringos no iban de cacería. Ni
siquiera llevaban armas.

—Hay demasiadas cosas que usted no entiende, y yo
tengo muchos años de monte. Escuche. ¿Sabe cómo hacen los shuar para entrar al territorio de los monos? Primero dejan todos los adornos, no portan nada que pueda
picarles la curiosidad, y los machetes los empavonan con
corteza de palmera quemada. Piense. Los gringos, con sus
máquinas fotográficas, con sus relojes, con sus cadenas
de plata, con sus hebillas, cuchillos plateados, fueron una
provocación brillante para la curiosidad de los monos. Conozco sus regiones y sé cómo actúan. Puedo decirle que
si a uno se le olvida un detalle, si lleva consigo algo, cualquier cosa que atraiga la curiosidad de un mico y éste
baja de los árboles para tomarlo, ese algo, lo que sea,
es mejor dejárselo. Si por el contrario uno presenta resistencia, el mico se largará a chillar y en cosa de segundos
caerán del cielo cientos, miles de pequeños demonios pe-
ludos y furiosos.

El gordo escuchaba, secándose el sudor.

—Te creo. Pero tú tienes la culpa por haberte negado
a acompañarles, a servirles de guía. Contigo no les hubiera pasado nada. Y traían una carta de recomendación
del gobernador. Estoy metido hasta el cogote en el lío
y tienes que ayudarme a salir.

—A mí tampoco me hubieran hecho caso. Los gringos
se las saben siempre todas. Pero hasta ahora no me dice
qué quiere de mí.

El alcalde sacó del bolsillo una botella culera de whisky y le ofreció un trago. El viejo aceptó nada más que por conocer el sabor, y se avergonzó enseguida de esa curiosidad de mico.

—Quieren que alguien vaya a recoger los restos del compañero. Te juro que nos pagan un buen precio por hacerlo, y tú eres el único capaz de conseguirlo.

—Está bien. Pero yo no me meto en sus negocios. Le traigo lo que quede del gringo y usted me deja en paz.

—Desde luego, viejo. Como dije, hablando se entienden los cristianos.

No le significó un gran esfuerzo llegar hasta el lugar en donde los norteamericanos habían acampado la primera noche, y abriéndose camino a machete alcanzó la cordillera del Yacuambi, la selva alta, rica en frutos silvestres en la que varias colonias de monos establecían su territorio. Ahí, ni siquiera hubo de buscar un rastro. Los norteamericanos dejaron tal cantidad de objetos abandonados en su fuga, que le bastó con seguirlos para encontrar los restos de los desdichados.

Primero encontró al colono. Lo reconoció por la calavera desdentada, y a los pocos metros al norteamericano. Las hormigas realizaron su trabajo de manera impecable dejando huesos mondos que parecían de yeso. El esqueleto del norteamericano recibía la última atención de las hormigas. Trasladaban su cabellera pajiza de pelo en pelo, como diminutas leñadoras de árboles cobrizos, para fortalecer con ellos el cono de entrada del hormiguero.

Moviéndose lentamente, encendió un cigarro y fumó mirando la labor de los insectos, indiferentes a su presencia. Al escuchar un ruido proveniente de la altura, no pudo evitar una carcajada. Un mico pequeñito cayó de un árbol arrastrado por el peso de una cámara fotográfica que insistía en cargar.

Terminó el cigarro. Con el machete ayudó a las hormigas rapando la calavera, y metió los huesos en un costal.

Un solo objeto del infortunado norteamericano logró llevar consigo: el cinturón de hebilla plateada en forma de herradura que los micos no consiguieron desabrochar.

Regresó a El Idilio, entregó los restos, y el alcalde lo dejó en paz, en esa paz que debía cuidar porque de ella dependían los momentos placenteros frente al río, de pie ante la mesa alta, leyendo pausadamente las novelas de amor.

Y esa paz se veía de nuevo amenazada por el alcalde que lo obligaría a participar de la expedición, y por unas afiladas garras ocultas en algún lugar de la espesura.

Capítulo siete

El grupo de hombres se reunió con las primeras difu-
sas luces del alba adivinada sobre los nubarrones. De uno
en uno llegaron dando saltos por el sendero enlodado, descalzos y con los pantalones subidos hasta las rodillas.

El alcalde ordenó a su mujer servirles café y patacones
de banano verde, en tanto él repartía cartuchos para las
escopetas. Tres cargas dobles para cada uno, además de
un atado de cigarros, cerillas y una botella de Frontera
por nuca.

—Todo esto es con cargo al Estado. Al regreso me tienen que firmar un recibo.

Los hombres comían y se echaban los primeros tragos
del día entre pecho y espalda.

Antonio José Bolívar Proaño permanecía algo alejado
del grupo y sin tocar el plato de hojalata.

Había desayunado temprano y sabía de los inconvenien-
tes de cazar con el cuerpo pesado. El cazador ha de ir
siempre un poco hambriento, pues el hambre agudiza los
sentidos. Le daba piedra al machete escupiendo a ratos
sobre la hoja, y luego, mirando con un solo ojo, com-
probaba la perfección del acero afilado.

—¿Tiene un plan? —preguntó uno.

—Primero iremos hasta lo de Miranda. Enseguida, ya se verá.

El gordo no era, por cierto, un gran estratega. Tras comprobar aparatosamente la carga de su Smith and Wesson, «mitigüeso» para los lugareños, se enfundó en un impermeable de hule azul que resaltaba su cuerpo amorfo.

Ninguno de los cuatro hombres hizo el menor comentario. Gozaban viéndolo sudar como a un oxidado grifo interminable.

«Ya verás, Babosa. Ya verás qué tibiecito es el impermeable. Se te van a cocer hasta los huevos ahí dentro.»

Exceptuando al alcalde, iban todos descalzos. Habían forrado los sombreros de paja con bolsas plásticas, y en morrales de lona engomada protegían los cigarros, las municiones y las cerillas. Las escopetas descargadas viajaban terciadas a la espalda.

—Si me permite. Las botas de goma le van a estorbar la marcha —apuntó uno.

El gordo simuló no haber oído y dio la orden de partir.

Abandonaron la última casa de El Idilio y se internaron en la selva. Adentro llovía menos pero caían chorros más gruesos. La lluvia no conseguía traspasar el tupido techo vegetal. Se acumulaba en las hojas y al ceder las ramas bajo el peso se precipitaba aromatizada por todas las especies.

Caminaban lento a causa del lodazal, de las ramas y plantas que cubrían con renovadas fuerzas el estrecho sendero.

Para avanzar mejor se dividieron. Adelante, dos hombres abrían brecha a machete, al medio iba el alcalde respirando agitadamente, mojado por dentro y por fuera, y

atrás los dos hombres restantes cerraban la marcha des-
mochando los vegetales escapados a los macheteros de van-
guardia.

Antonio José Bolívar era uno de los que viajaban detrás del alcalde.

—Monten las escopetas. Más vale andar preparados
—ordenó el gordo.

—¿Para qué? Es mejor llevar los cartuchos secos en las
bolsas.

—Yo doy las órdenes aquí.

—A su orden, excelencia. Total los cartuchos son del
Estado.

Los hombres simularon cargar las escopetas.

A las cinco horas de caminata habían avanzado algo más
de un kilómetro. La marcha se interrumpió repetidamente
por causa de las botas del gordo. Cada cierto tiempo, hun-
día los pies en el lodazal burbujeante y parecía que el fango se tragaría aquel cuerpo obeso. Enseguida venía la lucha por sacar los pies moviéndose con tal torpeza que sólo
lograba hundirse más. Los hombres lo sacaban jalándolo
de los sobacos, y unos cuantos pasos más adelante otra
vez estaba el alcalde hundido hasta las rodillas.

De pronto, el gordo perdió una de las botas. El pie
libre apareció blanco y liviano, pero, para conservar el
equilibrio, lo hundió de inmediato junto al hueco en donde
había desaparecido la bota.

El viejo y su compañero lo ayudaron a salir.

—La bota. Búsquenme la bota —mandó.

—Le dijimos que iban a estorbarle. Ya no aparece más.
Camine como nosotros, pisando las ramas caídas. Descalzo va mucho más cómodo y avanzamos mejor.

El alcalde, furioso, se hincó y trató de apartar porciones de lodo con las manos. Tarea inútil. Apartaba un puñado de crema oscura y chorreante sin conseguir alterar la superficie.

—En su lugar, no haría eso. Vaya uno a saber qué bicharracos estarán durmiendo felices allá abajo —comentó uno.

—Cierto. Escorpiones, por ejemplo. Se entierran hasta que pasan las lluvias y no les gusta ser molestados. Tienen un humor de la gran puta —agregó el viejo.

El alcalde, hincado, los miraba con odio.

—¿Se creen que me trago esas pendejadas? ¿Me quieren asustar con cuentos de vieja?

—No, excelencia. Espere un resto.

El viejo cortó una rama, le abrió una punta en horquilla y la hundió repetidas veces en el lodo burbujeante. Al fin la retiró, la limpió cuidadosamente con el machete, y al suelo cayó un escorpión adulto. El insecto venía cubierto de lodo, pero aún así dejaba ver su ponzoñosa cola levantada.

—¿Ve? Y usted, que traspira tanto, todo saladito, es una invitación para estos bichos.

El alcalde no respondió. Con la mirada perdida en el escorpión tratando de sumergirse de nuevo en la tranquilidad del lodazal, sacó el revólver y lo descargó disparando los seis tiros sobre el insecto. Entonces se quitó la otra bota y la arrojó entre el follaje.

Con el gordo descalzo, la marcha se hizo un poco más ágil, pero siempre perdían tiempo en las subidas. Todos trepaban sin dificultades y se detenían para mirar al alcalde a cuatro patas, avanzando un par de metros y retrocediendo cuatro.

—Pise con el culo, excelencia. Fíjese cómo lo hacemos nosotros. Abra bien las piernas antes de posar la pata. Usted las abre no más de las rodillas para abajo. Eso es caminar como monja pasando frente a una gallera. Ábralas bien y pise con el culo —le gritaban.

El gordo, con los ojos enrojecidos de furia, intentaba subir a su manera, pero su cuerpo amorfo lo traicionaba una y otra vez, hasta que los hombres formaban una cadena de brazos y tiraban de él hasta la altura.

Los descensos eran rápidos. El alcalde los hacía sentado, de espaldas o boca abajo. Llegaba siempre primero, envuelto en barro y restos de plantas.

A media tarde nuevos y gruesos nubarrones se condensaron en el cielo. No podían verlos, pero los adivinaban en la oscuridad que volvía impenetrable la selva.

—No podemos seguir. No se ve nada —dijo el alcalde.

—Eso suena sensato —respondió el viejo.

—Bueno, entonces aquí nos quedamos —ordenó el alcalde.

—Ustedes se quedan. Voy a buscar un lugar seguro. No me tardo. Fumen para orientarme el regreso —dijo el viejo, y le entregó su escopeta a uno de los hombres.

El viejo desapareció tragado por la oscuridad y los hombres se quedaron fumando sus cigarros de hoja dura, protegiéndolos con las manos ahuecadas.

No le llevó mucho tiempo dar con un terreno plano. Lo recorrió midiéndolo por pasos y con la hoja del machete palpó la textura de las vegetaciones. De pronto, el machete le devolvió un sonido metálico y el viejo respiró satisfecho. Regresó hasta el grupo orientándose por el olor a tabaco y les comunicó que había encontrado un lugar para pasar la noche.

El grupo llegó al terreno plano y dos hombres se dieron a la tarea de cortar hojas de bananos silvestres. Con ellas alfombraron el suelo y se sentaron satisfechos a echarse un merecido trago de Frontera.

—Lástima no poder hacer una fogata. Estaríamos más seguros junto a un buen fuego —se quejó el alcalde.

—Es mejor así —opinó uno de los hombres.

—No me gusta esto. No me gusta la oscuridad. Hasta los salvajes se protegen con el fuego —alegó el gordo.

—Mire, excelencia, estamos en un lugar seguro. Nosotros no podemos ver a la bestia, si es que anda cerca, y ella no puede vernos a nosotros. Si encendemos una fogata le estaríamos regalando la ocasión de vernos, y nosotros no la veríamos a ella porque el fuego nos encandilaría. Quédese tranquilo y trate de dormir. A todos nos hace falta echar un sueño. ¡Ah!, y, sobre todo, evitemos hablar.

Los hombres secundaron las palabras del viejo y, tras una breve consulta, acordaron los turnos de guardia. El viejo haría el primero y se encargaría de despertar a su relevo.

El cansancio de la caminata se adueñó pronto de los hombres. Dormían encogidos, abrazándose las piernas y cubriéndose los rostros con sombreros. Sus respiraciones tranquilas no interrumpían el ruido de la lluvia.

Antonio José Bolívar estaba sentado, con las piernas cruzadas, apoyando la espalda en un tronco. Acariciaba a ratos la hoja del machete y recibía, atento, los sonidos de la selva. Los repetidos golpes de algo voluminoso cayendo en el agua le indicaron que estaban cerca de un brazo de río o de un arroyo crecido. En las épocas de lluvia el aguacero arrastraba miles de insectos desde las ramas y los peces se daban festines. Saltaban de felicidad, ahítos y satisfechos.

Recordó la primera vez que vio un verdadero pez de río. Hacía ya muchos años de aquello. Fue cuando todavía era un aprendiz en la selva.

Una tarde de cacería, sintió que el cuerpo le hedía ácido de tanto sudar y al llegar a un arroyo se aprestó a darse un chapuzón. Quiso la suerte que un shuar lo viera a tiempo y le lanzó el grito de advertencia.

—No te metas. Es peligroso.

—¿Pirañas?

El shuar le indicó que no. Las pirañas se agrupan en las aguas mansas y profundas, jamás en las correntosas. Son peces torpes y adquieren velocidad solamente impulsados por el hambre o el olor a sangre. Nunca tuvo problemas con las pirañas. De los shuar aprendió que basta con untarse el cuerpo con leche de caucho para ahuyentarlas. La leche de caucho pica, arde, amenaza con levantar la piel, pero la comezón se marcha al entrar en contacto con el agua fresca y las pirañas huyen apenas sienten el olor.

—Peor que las pirañas —dijo el shuar, y le hizo seguir el movimiento de su mano indicando la superficie del arroyo. Vio una mancha oscura de más de un metro de largo deslizándose rápida.

—¿Qué es?

—Un bagre guacamayo.

Un pez enorme. Más tarde, pescó algunos ejemplares

que alcanzaban los dos metros, superando los setenta kilos de peso, y también supo que eran inofensivos pero mortalmente amistosos.

Al ver a un ser humano en el agua se acercaban para jugar, propinando tales coletazos de aprecio que fácilmente partían un espinazo.

Oía repetirse los golpes pesados en el agua. Tal vez se trataba de un bagre guacamayo hartándose de comejenes, catza machos, palitos vivientes, langostas, grillos, arañas, o delgadas culebras voladoras arrastradas por el aguacero.

Era un ruido vital en medio de la oscuridad. Era como dicen los shuar: De día, es el hombre y la selva. De noche, el hombre es selva.

Lo escuchó complacido hasta que dejó de repetirse.

El relevo se le adelantó. El hombre hizo sonar los huesos al estirarse y se le acercó.

—Ya dormí suficiente. Anda, tiéndete en mi cama. Te la dejé tibiecita.

—No estoy cansado. Prefiero dormir cuando aclare.

—Algo saltaba en el agua, ¿no?

El viejo se disponía a hablarle de los peces, pero lo interrumpió un ruido nuevo llegando desde la espesura.

—¿Oíste?

—Callado. Callado.

—¿Qué será?

—No sé. Pero es bastante pesado. Despierta a los otros sin hacer ruido.

El hombre no alcanzó a levantarse y ambos se vieron atacados por un destello de plata que hería la vegetación húmeda aumentando el efecto enceguecedor.

Era el alcalde, alarmado por el ruido, y se acercaba con la linterna encendida.

—Apague eso —ordenó, enérgico, el viejo sin alzar la voz.

—¿Por qué? Hay algo ahí y quiero ver de qué se trata —respondió el gordo, moviendo el chorro de luz en todas direcciones y accionando al mismo tiempo el martillo del revólver.

—Le dije que apague esa mierda. —El viejo le botó la linterna de un manotazo.

—Qué te has creído...

Las palabras del gordo fueron ahogadas por un intenso batir de alas y una cascada fétida cayó sobre el grupo.

—Buena la hizo. Tenemos que marcharnos ahora mismo o las hormigas vendrán a disputarnos la mierda fresca.

El alcalde no supo cómo reaccionar. A tientas buscó la linterna, y a tientas siguió al grupo desplazándose del lugar en donde habían pernoctado.

Los hombres maldecían la necedad del gordo con palabras masticadas para que no percibiera la magnitud de los insultos.

Caminaron hasta un claro de selva y ahí recibieron con plenitud el aguacero.

—¿Qué pasó? ¿Qué fue eso? —preguntó el gordo al detenerse.

—Mierda. ¿No huele?

—Ya sé que es mierda. ¿Estábamos bajo una manada de monos?

Una tenue luminosidad hizo visibles las siluetas de los hombres y los contornos selváticos.

—Por si le sirve de algo, excelencia, cuando se pernocta

en la jungla hay que arrimarse a un árbol quemado o pe-
trificado. Ahí cuelgan los murciélagos, la mejor señal de
alarma con que se puede contar. Los bichos se preparaban para volar en dirección contraria al ruido que escu-
chamos y hubiéramos sabido en dónde estaba. Pero usted,
con su lucecita y sus gritos, los espantó y nos lanzaron
la chorrera de mierda. Como todos los roedores, son muy
sensibles y a la menor señal de peligro sueltan todo lo que
tienen adentro para volverse livianos. Ande, frótese bien
la cabeza si no quiere que se lo coman los mosquitos.

El alcalde imitó al resto del grupo sacándose los apes-
tosos excrementos. Al terminar, ya tenían luminosidad suficiente para continuar la marcha.

Caminaron tres horas, siempre hacia el oriente, sortean-
do riachuelos crecidos, quebradas, claros de selva que cru-
zaban mirando al cielo con la boca abierta para recibir
el agua fresca, y al arribar a una laguna hicieron alto para
comer algo.

Reunieron frutos y camarones que el gordo se negó a
comer crudos. El gordo, enfundado en el impermeable de
hule azul, tiritaba de frío y continuaba lamentándose de no
poder encender una fogata.

—Estamos cerca —dijo uno.

—Sí. Pero haremos un rodeo para llegar por atrás. Sería fácil bordear el río y llegar de frente, pero se me ocurre que el bicho es inteligente y podría darnos una sor-
presa —señaló el viejo.

Los hombres manifestaron su acuerdo y bajaron la comida con unos buches de Frontera.

Al ver cómo el gordo se alejaba, no demasiado, y se
perdía oculto tras un arbusto, se dieron codazos.

—Su señoría no quiere mostrarnos el culo.

—Es tan cojudo que va a sentarse en un hormiguero creyendo que es una letrina.

—Apuesto que pide papel para limpiarse —soltó otro entre risas.

Se divertían a espaldas de la Babosa, como siempre lo nombraban en su ausencia. Las risas fueron cortadas, primero por el grito aterrorizado del gordo, y enseguida por la serie de disparos apurados. Seis tiros del revólver, vaciado con generosidad.

El alcalde apareció subiéndose los pantalones y llamándolos a gritos.

—¡Vengan! ¡Vengan! La he visto. Estaba detrás mío a punto de atacarme, y parece que le metí un par de balas. ¡Vengan! ¡Todos a buscarla!

Prepararon las escopetas y se lanzaron a buscar en la dirección que el gordo les indicara. Siguiendo un notorio rastro de sangre que aumentaba la euforia del alcalde llegaron hasta un hermoso animal de hocico alargado dando los últimos estertores. La bella piel amarilla moteada se teñía de sangre y lodo. El animal los miraba con los ojos muy abiertos y desde su hocico de trompeta escapaba un débil jadeo.

—Es un oso mielero. ¿Por qué no mira antes de disparar con su maldito juguete? Trae mala suerte matar a un oso mielero. Eso lo saben todos, hasta los tontos. No existe otro animal más inofensivo en toda la selva.

Los hombres movían la cabeza conmovidos por la suerte del animal, y el gordo recargaba su arma sin atinar a pronunciar nada en su defensa.

Pasado el mediodía, vieron el desteñido letrero de Alkasetzer identificando el puesto de Miranda. Era un rectángulo de latón azul con caracteres casi ilegibles que el puestero había clavado muy arriba del árbol junto al que se elevaba su choza.

Al colono lo encontraron a escasos metros de la entrada. Presentaba la espalda abierta en dos zarpazos que comenzaban en los omóplatos y se prolongaban hasta la cintura. El cuello espantosamente abierto dejaba ver la cervical.

El muerto estaba de bruces y todavía empuñaba un machete.

Ignorando la maestría arquitectónica de las hormigas, que durante la noche construyeron un puente de hojas y ramitas para faenar el cadáver, los hombres lo arrastraron hasta el puesto. Adentro ardía débilmente una lámpara de carburo y apestaba a grasa quemada.

Al acercarse a la hornilla de keroseno descubrieron la fuente del olor. El artefacto estaba aún tibio. Había consumido la última gota de combustible y luego chamuscó las mechas. En una sartén quedaban dos colas de iguanas carbonizadas.

El alcalde miraba el cadáver.

—No lo entiendo. Miranda era veterano aquí y en ningún caso puede hablarse de él como de un hombre miedoso, pero parece que sintió tal pánico, que ni siquiera se preocupó de apagar la cocinilla. ¿Por qué no se encerró al escuchar a la tigrilla? Ahí está colgada la escopeta. ¿Por qué no la usó?

Los demás se hacían preguntas similares.

El alcalde se despojó del impermeable de hule y una cascada de sudor contenido le mojó hasta los pies. Mirando al muerto, fumaron, bebieron, uno se entregó a la reparación de la hornilla, y, autorizados por el gordo, abrieron unas latas de sardinas.

—No era un mal tipo —dijo uno.

—Desde que lo dejó la mujer vivía más solo que bastón de ciego —agregó otro.

—¿Tenía parientes? —preguntó el alcalde.

—No. Llegó con su hermano, pero se murió de malaria hace varios años. La mujer se le fue con un fotógrafo ambulante y dicen que ahora vive en Zamora. Tal vez el patrón del barco sepa su paradero.

—Supongo que el puesto le dejaba alguna ganancia. ¿Saben qué hacía con el dinero? —intervino de nuevo el gordo.

—¿Dinero? Se lo jugaba a los naipes, dejando apenas lo necesario para reponer las mercancías. Aquí es así, por si todavía no lo sabe. Es la selva que se nos mete adentro. Si no tenemos un punto fijo al que queremos llegar, damos vueltas y vueltas.

Los hombres asintieron con una especie de orgullo perverso. En eso entró el viejo.

—Afuera hay otro fiambre.

Salieron apresuradamente y, bañados por la lluvia, encontraron al segundo muerto. Estaba de espaldas y con los pantalones abajo. Mostraba las huellas de las garras en los hombros y la garganta abierta con características que empezaban a hacerse familiares. Junto al cadáver, el machete enterrado a poca distancia decía que no alcanzó a ser utilizado.

—Creo entenderlo —dijo el viejo.

Rodeaban el cuerpo, y en la mirada del alcalde veían

cómo el gordo buscaba febrilmente llegar a la misma explicación.

—El muerto es Plascencio Puñán, un tipo que no se dejaba ver mucho, y parece que se aprestaban a comer juntos. ¿Vio las colas de iguana chamuscadas? Las trajo Plascencio. No hay tales bichos por aquí y debió cazarlas a varias jornadas monte adentro. Usted no lo conoció. Era un picapiedras. No andaba tras oro como la mayoría de los dementes que se acercan a estas tierras, y aseguraba que muy adentro se podía encontrar esmeraldas. Recuerdo haberle escuchado hablar de Colombia y de las piedras verdes, grandes como una mano empuñada. Pobre tipo. En algún momento sintió ganas de vaciar el cuerpo y salió a hacerlo. Así lo pilló la bestia. Acuclillado y afirmado en el machete. Se nota que lo atacó de frente, le hundió las garras en los hombros y le zampó los colmillos en el gaznate. Miranda ha de haber escuchado los gritos y debió presenciar la peor parte de todo, entonces se preocupó nada más que de ensillar a la acémila y largarse. No llegó muy lejos, como hemos visto.

Uno de los hombres dio vuelta al cadáver. Tenía restos de excrementos pegados a la espalda.

—Menos mal que alcanzó a pegarse la cagada —dijo el hombre, y dejaron el cadáver boca abajo, para que la lluvia implacable lavase los vestigios de su último acto en este mundo.

Capítulo ocho

El resto de la tarde lo ocuparon con los muertos.

Los envolvieron en la hamaca de Miranda, frente a frente, para evitarles entrar a la eternidad como extraños, luego cosieron la mortaja y le ataron cuatro grandes piedras a las puntas.

Arrastraron el bulto hasta una ciénaga cercana, lo alzaron, mecieron tomando impulso y lo lanzaron entre los juncos y rosas de pantano. El bulto se hundió entre gorgoteos, arrastrando vegetales y sorprendidos sapos en su descenso.

Regresaron al puesto cuando la oscuridad se adueñó de la selva y el gordo dispuso las guardias.

Dos hombres se mantendrían en vela, para ser relevados a las cuatro horas por el otro par. Él dormiría sin interrupciones hasta el amanecer.

Antes de dormir cocinaron arroz con lonjas de banano, y luego de cenar Antonio José Bolívar limpió su dentadura postiza antes de guardarla en el pañuelo. Sus acompañantes le vieron dudar un momento, y se sorprendieron al verlo acomodándose la placa nuevamente.

Como formaba parte del primer turno, el viejo se apropió de la lámpara de carburo.

Su compañero de vigilia lo miraba, perplejo, recorrer con la lupa los signos ordenados en el libro.

—¿Verdad que sabes leer, compadre?

—Algo.

—¿Y que estás leyendo?

—Una novela. Pero quédate callado. Si hablas se mueve la llama, y a mí se me mueven las letras.

El otro se alejó para no estorbar, mas era tal la atención que el viejo dispensaba al libro, que no soportó quedar al margen.

—¿De qué trata?

—Del amor.

Ante la respuesta del viejo, el otro se acercó con renovado interés.

—No jodas. ¿Con hembras ricas, calentonas?

El viejo cerró de sopetón el libro haciendo vacilar la llama de la lámpara.

—No. Se trata del otro amor. Del que duele.

El hombre se sintió decepcionado. Encogió los hombros y se alejó. Con ostentación se echó un largo trago, encendió un cigarro y comenzó a afilar la hoja del machete.

Pasada la piedra, escupía sobre el metal, repasaba y medía el filo con la yema de un dedo.

El viejo seguía en lo suyo, sin dejarse importunar por el ruido áspero de la piedra contra el acero, musitando palabras como si rezara.

—Anda, lee un poquito más alto.

—¿En serio? ¿Te interesa?

—Vaya que sí. Una vez fui al cine, en Loja, y vi una película mexicana, de amor. Para qué le cuento, compadre. La de lágrimas que solté.

—Entonces, tengo que leerte desde el comienzo, para que sepas quiénes son los buenos y quiénes los malos.

Antonio José Bolívar regresó a la primera página del libro. La había leído varias veces y se la sabía de memoria.

«Paul la besó ardorosamente en tanto el gondolero, cómplice de las aventuras de su amigo, simulaba mirar en otra dirección, y la góndola, provista de mullidos cojines, se deslizaba apaciblemente por los canales venecianos.»

—No tan rápido, compadre —dijo una voz.

El viejo levantó la vista. Lo rodeaban los tres hombres. El alcalde reposaba alejado, tendido sobre un hato de costales.

—Hay palabras que no conozco —señaló el que había hablado.

—¿Tú las entiendes todas? —preguntó otro.

El viejo se entregó entonces a una explicación, a su manera, de los términos desconocidos.

Lo de gondolero, góndola, y aquello de besar ardorosamente quedó semiaclarado tras un par de horas de intercambio de opiniones salpicadas de anécdotas picantes. Pero el misterio de una ciudad, en la que las gentes precisaban de botes para moverse, no lo entendían de ninguna manera.

—Vaya uno a saber si no tendrán mucha lluvia.

—O ríos que se salen de madre.

—Han de vivir más mojados que nosotros.

—Imagínense. Uno se echa sus tragos, se le ocurre salir a desaguar fuera de casa, ¿y qué ve? A los vecinos mirándolo con caras de pescado.

Los hombres reían, fumaban, bebían. El alcalde se revolvió molesto en su lecho.

—Para que sepan, Venecia es una ciudad construida en una laguna. Y está en Italia —bramó desde su rincón de insomne.

—¡Vaya! O sea que las casas flotan como balsas —acotó uno.

—Si es así, ¿entonces, para qué los botes? Pueden viajar con las casas, como barcos —opinó otro.

—¡Si serán cojudos! Son casas firmes. Hay hasta palacios, catedrales, castillos, puentes, calles para la gente. Todos los edificios tienen cimientos de piedra —declaró el gordo.

—¿Y cómo lo sabe? ¿Ha estado allá? —preguntó el viejo.

—No. Pero soy instruido. Por algo soy alcalde.

La explicación del gordo complicaba las cosas.

—Si lo he entendido bien, excelencia, esa gente tiene piedras que flotan, como las piedras pómez han de ser, pero, así y todo, si uno construye una casa con piedras pómez no flota, no señor. Seguro que le meten tablones por debajo.

El alcalde se agarró la cabeza con las manos.

—¡Si serán cojudos! ¡Ay, si serán cojudos! Piensen lo que quieran. A ustedes se les ha contagiado la mentalidad selvática. A ustedes no los saca ni Cristo de sus cojudeces. Ah, una cosa: la van a cortar con eso de llamarme excelencia. Desde que escucharon al dentista se agarraron de la palabrita.

—¿Y cómo quiere que lo llamemos? Al juez hay que decirle usía; al cura, eminencia, y a usted tenemos que llamarlo de alguna manera, excelencia.

El gordo quiso agregar algo, pero un gesto del viejo

lo detuvo. Los hombres comprendieron, echaron mano a las armas, apagaron las lámparas y esperaron.

De afuera llegó el tenue ruido de un cuerpo moviéndose con sigilo. Las pisadas no producían sonidos, pero aquel cuerpo se pegaba a los arbustos bajos y a las plantas. Al hacerlo detenía el chorrear del agua, y cuando avanzaba el agua detenida caía con renovada abundancia.

El cuerpo en movimiento trazaba un semicírculo en torno a la choza del puestero. El alcalde se acercó a gatas hasta el viejo.

—¿El bicho?

—Sí. Y nos ha olido.

El gordo se incorporó súbitamente. Pese a la oscuridad, alcanzó la puerta y vació el revólver, disparando a ciegas contra la espesura.

Los hombres encendieron la lámpara. Movían las cabezas sin proferir comentarios y miraban al alcalde recargando el arma.

—Por culpa de ustedes se me fue. Por pasarse la noche hablando cojudeces como maricas en vez de cumplir con los turnos de guardia.

—Cómo se nota que usted es instruido, excelencia. El bicho las tenía todas en contra. Era cuestión de dejarlo pasear hasta calcular a qué distancia estaba. Dos paseos más y lo hubiéramos tenido a tiro.

—Ya. Ustedes se las saben todas. A lo mejor le di —se justificó el gordo.

—Vaya a ver, si quiere. Y si lo ataca un mosquito no lo mate a tiros porque nos va a espantar el sueño.

Al amanecer, aprovechando la mortecina luz filtrada por el techo selvático, salieron a rastrear las proximidades. La

lluvia no borraba el rastro de plantas aplastadas dejado
por el animal. No se veían muestras de sangre en el follaje, y las huellas se perdían en la espesura del monte.

Regresaron a la choza y bebieron café negro.

—Lo que menos me gusta es que el bicho anda ron-
dando a menos de cinco kilómetros de El Idilio. ¿Cuánto
se tarda un tigrillo en hacer esa distancia? —preguntó el
alcalde.

—Menos que nosotros. Tiene cuatro patas, sabe saltar
sobre los charcos, y no calza botas —contestó el viejo.

El alcalde comprendió que ya se había desacreditado
demasiado frente a los hombres. Permanecer más tiempo
junto al viejo envalentonado por sus sarcasmos sólo con-
seguiría aumentar su fama de inútil, y acaso de cobarde.

Encontró una salida que sonaba lógica y de paso le cu-
bría la espalda.

—Hagamos un trato, Antonio José Bolívar. Tú eres el
más veterano en el monte. Lo conoces mejor que a ti mismo. Nosotros sólo te servimos de estorbo, viejo. Rastréa-
la y mátala. El Estado te pagará cinco mil sucres si lo
consigues. Te quedas aquí y lo haces como te dé la gana.
Entretanto, nosotros nos regresamos a proteger el poblado. Cinco mil sucres. ¿Qué me dices?

El viejo escuchó sin parpadear la propuesta del gordo.

En realidad, lo único verdaderamente sensato que ca-
bía hacer era regresar a El Idilio. El animal, a la caza
del hombre, no tardaría en dirigirse al poblado, y allá
sería fácil tenderle una trampa. Necesariamente la hembra buscaría nuevas víctimas y resultaba estúpido preten-
der disputarle su propio territorio.

El alcalde deseaba zafarse de él. Con sus respuestas agudas hería sus principios de animal autoritario, y había dado con una fórmula elegante de quitárselo de encima.

Al viejo no le importaba mayormente lo que pensara el gordo sudoroso. Tampoco le importaba la recompensa ofrecida. Otras ideas viajaban por su mente.

Algo le decía que el animal no estaba lejos. Tal vez los miraba en esos momentos, y recién empezaba a preguntarse por qué ninguna de las víctimas le molestaba. Posiblemente su vida pasada entre los shuar le permitía ver un acto de justicia en esas muertes. Un cruento, pero ineludible, ojo por ojo.

El gringo le había asesinado las crías y quién sabe si también al macho. Por otra parte, la conducta del animal le permitía intuir que buscaba la muerte acercándose peligrosamente a los hombres, como lo hiciera la última noche, y antes, al ultimar a Plascencio y a Miranda.

Un mandato desconocido le dictaba que matarla era un imprescindible acto de piedad, pero no de aquella piedad prodigada por quienes están en condiciones de perdonar y regalarla. La bestia buscaba la ocasión de morir frente a frente, en un duelo que ni el alcalde ni ninguno de los hombres podrían comprender.

—¿Qué me respondes, viejo? —repitió el alcalde.

—Conforme. Pero me dejan cigarros, cerillas y otra porción de cartuchos.

El alcalde respiró aliviado al oír la aceptación y le entregó lo pedido.

El grupo no se tardó demasiado en preparar los detalles del regreso. Se despidieron, y Antonio José Bolívar se dio a la tarea de asegurar la puerta y la ventana de la choza.

A media tarde oscureció, y bajo la luz taciturna de la
lámpara retomó la lectura mientras esperaba rodeado por
los ruidos del agua deslizándose entre el follaje.

El viejo repasaba las páginas desde el comienzo.

Estaba molesto de no conseguir apropiarse del argumen-
to. Repasaba las frases memorizadas y salían de su boca
carentes de sentido. Sus pensamientos viajaban en todas
direcciones buscando un punto determinado en el cual detenerse.

—A lo mejor tengo miedo.

Pensó en un proverbio shuar que aconsejaba esconder-
se del miedo, y apagó la lámpara. En la oscuridad se tendió sobre los costales con la escopeta preparada descan-
sando encima del pecho, y dejó que los pensamientos se
aquietaran como las piedras al tocar el lecho del río.

Vamos viendo, Antonio José Bolívar. ¿Qué te pasa?
No es la primera vez que te enfrentas a una bestia enloquecida. ¿Qué es lo que te impacienta? ¿La espera? ¿Pre-
ferirías verla aparecer ahora mismo derribando la puerta
y tener un desenlace rápido? No ocurrirá. Sabes que ningún animal es tan necio como para invadir una guarida
extraña. ¿Y por qué estás tan seguro de que la hembra
te buscará a ti, precisamente? ¿No piensas que la bestia,
con toda la inteligencia que ha demostrado, puede deci-
dirse por el grupo de hombres? Puede seguirlos y elimi-
narlos uno por uno antes de que lleguen a El Idilio. Sabes que puede hacerlo y debiste advertírselo, decirles: «no
se separen ni un metro. No duerman, pernocten despier-
tos y siempre a la orilla del río». Sabes que aun así para
la bestia sería fácil emboscarlos, dar el salto, uno al suelo con el gaznate abierto, y antes de que los demás se

repongan del pánico ella estará oculta, preparando el siguiente ataque. ¿Crees que la tigrilla te siente un ser igual? No seas vanidoso, Antonio José Bolívar. Recuerda que no eres un cazador, porque tú mismo has rechazado siempre ese calificativo, y los felinos siguen al verdadero cazador, al olor a miedo y a verga parada que los cazadores auténticos emanan. Tú no eres un cazador. Muchas veces los habitantes de El Idilio hablan de ti llamándote el Cazador, y les respondes que eso no es cierto, porque los cazadores matan para vencer un miedo que los enloquece y los pudre por dentro. ¿Cuántas veces has visto aparecer grupos de individuos afiebrados, bien armados, internándose en la selva? A las pocas semanas reaparecen con fardos de pieles de osos hormigueros, nutrias, mieleros, boas, lagartos, pequeños gatos de monte, pero jamás con los restos de un verdadero contrincante como la hembra que esperas. Tú los has visto emborracharse junto a los hatos de pieles, para disimular el miedo que les inspira la certeza de saber que el enemigo digno los vio, los olió y los despreció en la inmensidad selvática. Es cierto que los cazadores son cada día menos porque los animales se han internado hacia el oriente cruzando cordilleras imposibles, lejos, tan lejos que la última anaconda vista habita en territorio brasileño. Pero tú viste y cazaste anacondas no lejos de aquí.

La primera fue un acto de justicia o de venganza. Por más que le das vueltas no llegas a la diferencia. El reptil había sorprendido al hijo de un colono mientras se bañaba. Tú estimabas al chico. No pasaba de los doce años y la anaconda lo dejó blando como una bolsa de agua. ¿Te acuerdas, viejo? En canoa seguiste el rastro hasta descubrir la playa en donde se soleaba. Entonces dejaste varias nutrias muertas como cebo y esperaste. En ese tiempo eras joven, ágil, y sabías que de esa agilidad dependía no convertirte en otro banquete para la diosa del agua. Fue un buen salto. El machete en la mano. El corte limpio. La cabeza de la serpiente cayendo a la arena, y antes de que la tocara tú saltabas a protegerte entre la vegetación baja, mientras el reptil se revolcaba azotando su cuerpo vigoroso una y otra vez. Once o doce metros de odio. Once o doce metros de piel oliva pardo con anillos negros intentando matar cuando ya estaba muerta.

La segunda fue un homenaje de gratitud al brujo shuar que te salvó la vida. ¿Lo recuerdas? Repetiste el truco de dejar carnada en la playa y esperaste arriba de un árbol hasta verla salir del río. Esa vez fue sin odio. La mirabas engullir los roedores mientras preparabas el dardo, envolviendo la aguda punta en telaraña, untándolo en el curare, introduciéndolo en la boquilla de la cerbatana, y apuntaste buscando la base del cráneo.

El reptil recibió el dardo, se irguió elevando casi tres cuartas partes del cuerpo, y desde el árbol en donde te emboscabas viste sus ojos amarillos, sus pupilas verticales buscándote con una mirada que no te alcanzó porque el curare actúa rápido.

Luego vino la ceremonia de deshollarle, caminar quince, veinte pasos, en tanto el machete la abría y su carne fría y rosada se impregnaba de arena.

¿Lo recuerdas, viejo? Al entregar la piel, los shuar declararon que no eras de ellos, pero que eras de ahí.

Y los tigrillos tampoco te son extraños, salvo que jamás diste muerte a un cachorro, ni de tigrillo ni de otra especie. Sólo ejemplares adultos, como indica la ley shuar. Sabes que los tigrillos son animales extraños, de comportamiento impredecible. No son tan fuertes como los jaguares, pero en cambio dan muestras de una inteligencia refinada.

«Si el rastreo es demasiado fácil y te hace sentir confiado, quiere decir que el tigrillo te está mirando la nuca», dicen los shuar, y es cierto.

Una vez, a pedido de los colonos, pudiste medir la astucia del gran gato moteado. Un ejemplar muy fuerte se cebaba con las vacas y las acémilas, y te pidieron echarles una mano. Fue un rastreo difícil. Primero, el animal se dejó seguir, guiándote hasta los contrafuertes de la cordillera del Cóndor, tierras de vegetación baja, ideales para la emboscada a ras del suelo. Al verte metido en una trampa trataste de salir de ahí para regresar a la espesura, y el tigrillo te cortaba el paso mostrándose, pero sin darte tiempo a que te echaras la escopeta a los ojos. Disparaste dos o tres veces sin alcanzarlo, hasta entender que el felino quería cansarte antes del ataque definitivo. Te comunicó que sabía esperar, y acaso también que tus municiones eran pocas.

Fue una lucha digna. ¿Lo recuerdas, viejo? Esperabas sin mover un músculo, dándote manotazos de vez en cuando para ahuyentar el sueño. Tres días de espera, hasta que el tigrillo se sintió seguro y se lanzó al ataque. Fue un buen truco ese de esperar tendido en el suelo y con el arma percutada.

¿Por qué recuerdas todo esto? ¿Por qué la hembra te llena los pensamientos? ¿Tal vez porque ambos saben que están parejos? Luego de cuatro asesinatos sabe mucho de los hombres, tanto como tú de los tigrillos. O tal vez tú sabes menos. Los shuar no cazan tigrillos. La carne no es comestible y la piel de uno sólo alcanza para hacer cientos de adornos que duran generaciones. Los shuar; ¿te gustaría tener a uno de ellos contigo? Desde luego, a tu compadre Nushiño.

—Compadre, ¿me sigues el rastro?

El shuar se negará. Escupiendo muchas veces para que sepas que dice la verdad, te indicará desinterés. No es su asunto. Tú eres el cazador de los blancos, el que tiene una escopeta, el que viola la muerte emponzoñándola de dolor. Tu compadre Nushiño te dirá que los shuar sólo buscan matar a los perezosos tzanzas.

—¿Y por qué, compadre? Los tzanzas no hacen más que dormir colgando de los árboles.

Antes de responder tu compadre Nushiño se largará un sonoro pedo para que ningún perezoso tzanza lo escuche, y te dirá que hace mucho tiempo un jefe shuar se volvió malo y sanguinario. Mataba a buenos shuar sin tener motivos y los ancianos determinaron su muerte. Tñaupi, el jefe sanguinario, al verse acorralado, se dio a la fuga transformado en perezoso tzanza, y como los micos son tan parecidos es imposible saber cuál de ellos esconde al shuar condenado. Por eso hay que matarlos a todos.

—Así dicen que ha sido —dirá escupiendo por última vez el compadre Nushiño antes de marcharse, porque los shuar se alejan al finalizar una historia, evitando las preguntas engendradoras de mentiras.

¿De dónde vienen todos estos pensamientos? Vamos, Antonio José Bolívar. Viejo. ¿Bajo cuál planta se esconden y atacan? ¿Será que el miedo te ha encontrado y ya nada

puedes hacer para esconderte? Si es así, entonces los ojos
del miedo pueden verte, de la misma manera como tú ves
las luces del amanecer entrando por los resquicios de caña.

Luego de beber varios tazones de café negro, se entregó a los preparativos. Derritió unas velas y sumergió los
cartuchos en el sebo licuado. Enseguida les permitió go-
tear hasta que estuvieran cubiertos por una fina película.
De esa manera se conservarían secos aunque cayeran al
agua.

El resto del sebo derretido se lo aplicó en la frente cu-
briendo especialmente las cejas hasta formar una suerte
de visera. Con ello el agua no le estorbaría la vista en
caso de enfrentar al animal en un claro de selva.

Finalmente, comprobó el filo del machete y se echó a
la selva en busca de rastros.

Comenzó trazando un radio de doscientos pasos contados desde la choza en dirección oriente, siguiendo las huellas encontradas el día anterior.

Al llegar al punto propuesto inició una variante semi-
circular en pos del suroeste.

Descubrió un lote de plantas aplastadas, con los tallos
enterrados en el lodo. Ahí se agazapó el animal antes de
avanzar hacia la choza, y las formaciones de vegetales hu-
millados se repetían cada ciertos pasos desapareciendo en
una ladera de monte.

Olvidó esas huellas antiguas y siguió buscando.

Al hacerlo bajo grandes hojas de banano silvestre encontró estampadas las patas del animal. Eran patas grandes, tal vez como puños de hombre adulto, y junto al

rastro de pisadas encontró otros detalles que le hablaron de la conducta del animal.

La hembra no cazaba. Tallos quebrados a los costados de las huellas de las patas contradecían el estilo de caza de cualquier felino. La hembra movía el rabo, frenética hasta el descuido, excitada ante la cercanía de las víctimas. No, no cazaba. Se movía con la seguridad de saberse enfrentada a especies menos dotadas.

La imaginó ahí mismo, el cuerpo flaco, la respiración agitada, ansiosa, los ojos fijos, pétreos, todos los músculos tensos, y batiendo la cola con sensualidad.

—Bueno, bicho, ya sé cómo te mueves. Ahora me falta saber dónde estás.

Le habló a la selva recibiendo la única respuesta del aguacero.

Ampliando el radio de acción se alejó de la choza del puestero hasta alcanzar una leve elevación de terreno, que pese a la lluvia le permitía un buen punto de observación de todo lo recorrido. La vegetación se volvía baja y espesa, en contraste con los árboles altos que lo protegían de un ataque a ras del suelo. Decidió abandonar la lomita avanzando en línea recta hacia el poniente, en pos del río Yacuambi que corría no muy lejos.

Poco antes del mediodía cesó de llover y se alarmó. Tenía que seguir lloviendo, de otra manera comenzaría la evaporación y la selva se sumiría en una niebla densa que le impediría respirar y ver más allá de su nariz.

De pronto, millones de agujas plateadas perforaron el techo selvático iluminando intensamente los lugares en donde caían. Estaba justo bajo un claro de nubes, encandilado con los reflejos del sol cayendo sobre las plantas húmedas. Se frotó los ojos maldiciendo, y rodeado por cientos de efímeros arco iris se apresuró en salir de allí antes que comenzara la temida evaporación.

Entonces la vio.

Alertado por un ruido de agua cayendo de improviso se volvió, y pudo verla moviéndose hacia el sur, a unos cincuenta metros de distancia.

Se movía con lentitud, con el hocico abierto y azotándose los costados con el rabo. Calculó que de cabeza a rabo medía sus buenos dos metros, y que parada sobre dos patas superaba la estatura de un perro pastor.

El animal desapareció tras un arbusto y casi enseguida se dejó ver nuevamente. Esta vez se movía en dirección norte.

—Ese truco lo conozco. Si me quieres aquí, bueno, me quedo. Entre la nube de vapor tú tampoco vas a ver nada —le gritó, y se parapetó apoyando la espalda en un tronco.

La pausa de lluvia convocó de inmediato a los mosquitos. Atacaron buscando labios, párpados, rasmilladuras. Las diminutas arenillas se metían en los orificios nasales, en las orejas, entre el pelo. Rápidamente se metió un cigarro en la boca, lo masticó, deshizo, y se aplicó la pasta salivosa en el rostro y en los brazos.

Por fortuna, la pausa duró poco y se largó a llover con renovada intensidad. Con ello regresó la calma y sólo se escuchaba el ruido del agua penetrando entre el follaje.

La hembra se dejó ver varias veces, siempre moviéndose en una trayectoria norte-sur.

El viejo la miraba estudiándola. Seguía los movimientos del animal para descubrir en qué punto de la espesura realizaba el giro que le permitía volver al mismo punto del norte a recomenzar el paseo provocativo.

—Aquí me tienes. Yo soy Antonio José Bolívar Proaño y lo único que me sobra es paciencia. Eres un animal extraño, no hay dudas de eso. Me pregunto si tu conducta es inteligente o desesperada. ¿Por qué no me rodeas e intentas simulacros de ataque? ¿Por qué no te metes hacia el oriente, para seguirte? Te mueves de norte a sur, giras al poniente y retomas el camino. ¿Me tomas por un cojudo? Me estás cortando el camino al río. Ése es tu plan. Quieres verme huir selva adentro y seguirme. No soy tan cojudo, amiga. Y tú no eres tan inteligente como supuse.

La miraba moverse y en algunas ocasiones estuvo a punto de disparar, pero no lo hizo. Sabía que el tiro debía ser definitivo y certero. Si solamente la hería, la hembra no le daría tiempo para recargar el arma, y por una falla de los percutores se le iban los dos cartuchos al mismo tiempo.

Las horas pasaron y cuando la luz disminuyó supo que el juego del animal no consistía en empujarlo hacia el oriente. Lo quería ahí, en ese sitio, y esperaba por la oscuridad para atacarlo.

El viejo calculó que disponía de una hora de luz, y en ese tiempo debía largarse, alcanzar la orilla del río y buscar un lugar seguro.

Esperó a que la hembra terminase con uno de los desplazamientos hacia el sur y diera el rodeo que la regresaba al punto de partida. Entonces, a toda carrera se lanzó en pos del río.

Llegó a un antiguo terreno desbrozado que le permitió

ganar tiempo y lo atravesó con la escopeta apretada contra el pecho. Con suerte alcanzaría la orilla del río antes
que la hembra descubriese su maniobra evasoria. Sabía que
no lejos de allí encontraría un campamento abandonado
de buscadores de oro en el que podría refugiarse.

Se alegró al escuchar la crecida. El río estaba cerca.
No le quedaba más que descender una pendiente de unos
quince metros cubierta de helechos para alcanzar la ribera, cuando el animal atacó.

La hembra debió moverse con tal velocidad y sigilo,
al descubrir el intento de fuga, que consiguió correr paralela sin que lo notase, hasta situarse a un costado del
viejo.

Recibió el empujón propinado con las patas delanteras
y rodó dando volteretas pendiente abajo.

Mareado, se hincó blandiendo el machete con las dos
manos y esperó el ataque final.

Arriba, al borde de la pendiente, la hembre movía el
rabo frenética. Las pequeñas orejas vibraban captando todos los ruidos de la selva, pero no atacaba.

Sorprendido, el viejo se movió lentamente hasta recu-
perar la escopeta.

—¿Por qué no atacas? ¿Qué juego es éste?

Abrió los martillos percutores y se echó el arma a los
ojos. A esa distancia no podía fallar.

Arriba, el animal no le despegaba los ojos de encima.
De improviso, rugió, triste y cansada, y se echó sobre las
patas.

La débil respuesta del macho le llegó muy cerca y no
le costó encontrarlo.

Era más pequeño que la hembra y estaba tendido al

amparo de un tronco hueco. Presentaba la piel pegada al esqueleto y un muslo casi arrancado del cuerpo por un perdigonada. El animal apenas respiraba, y la agonía se veía dolorosísima.

—¿Eso buscabas? ¿Que le diera el tiro de gracia? —gritó el viejo hacia la altura, y la hembra se ocultó entre las plantas.

Se acercó al macho herido y le palmoteó la cabeza. El animal apenas alzó un párpado, y al examinar con detención la herida vio que se lo empezaban a comer las hormigas.

Puso los dos cañones en el pecho del animal.

—Lo siento, compañero. Ese gringo hijo de la gran puta nos jodió la vida a todos. —Y disparó.

No veía a la hembra pero la adivinaba arriba, oculta, entregada a lamentos acaso parecidos a los humanos.

Cargó el arma y caminó despreocupado hasta alcanzar la deseada ribera. Había sacado unos cien metros de distancia cuando vio a la hembra bajando al encuentro del macho muerto.

Al llegar al puesto abandonado de los buscadores de oro estaba casi oscuro, y encontró que el aguacero había derribado la construcción de cañas. Dio un rápido vistazo al lugar y se alegró de encontrar una canoa de vientre rasgado volcada sobre la playa.

Encontró también un costal con lonjas de banano seco, se llenó los bolsillos y se metió bajo el vientre de la canoa. Las piedras del suelo estaban secas. Suspiró aliviado al tenderse boca arriba, con las piernas estiradas y seguro.

—Tuvimos suerte, Antonio José Bolívar. La caída era para romperse más de un hueso. Suerte lo del colchón de helechos.

Dispuso la canoa y el machete a sus costados. El vientre de la canoa ofrecía altura suficiente para ponerse a horcajadas si deseaba avanzar o retroceder. La canoa medía unos nueve metros de largo y mostraba varias rasgaduras producidas por las afiladas piedras de los rápidos.

Acomodado, comió unos puñados de banano seco y encendió un cigarro que fumó con verdadero deleite. Estaba muy cansado y no tardó en quedarse dormido.

Lo acometió un sueño curioso. Se veía a sí mismo con el cuerpo pintado con los tonos tornasolados de la boa, y sentado frente al río para recibir los efectos de la natema.

Frente a él, algo se movía en el aire, en el follaje, sobre la superficie del agua quieta, en el fondo mismo del río. Algo que parecía tener todas las formas, y nutrirse al mismo tiempo de todas ellas. Cambiaba incesantemente, sin permitir que los ojos alucinados se acostumbrasen a una. De pronto asumía el volumen de un papagayo, pasaba a ser un bagre guacamayo saltando con la boca abierta y se tragaba la luna, y al caer al agua lo hacía con la brutalidad de una quebrantahuesos desplomándose sobre un hombre. Ese algo carecía de forma precisa, definible, y tomara lo que tomara siempre permanecían en él los inalterables brillantes ojos amarillos.

—Es tu propia muerte disfrazándose para sorprenderte. Si lo hace, es porque todavía no te llega el momento de marcharte. Cázala —le ordenaba el brujo shuar, masajeando su aterrado cuerpo con puñados de ceniza fría.

Y la forma de ojos amarillos se movía en todas direcciones. Se alejaba hasta ser tragada por la difusa y siempre cercana línea verde del horizonte, y al hacerlo los pájaros volvían a revolotear con sus mensajes de bienestar

y plenitud. Pero pasado un tiempo reaparecía en una nube
negra bajando rauda, y una lluvia de inalterables ojos amarillos caía sobre la selva prendiéndose de los ramajes y
las lianas, encendiendo la jungla con una tonalidad amarilla incandescente que lo arrastraba de nuevo al frenesí
del miedo y de las fiebres. Él quería gritar, pero los roedores del pánico le destrozaban a dentelladas la lengua.
Él quería comer, pero las delgadas serpientes voladoras
le ataban las piernas. Él quería llegar a su choza y meterse en el retrato que lo mostraba junto a Dolores Encarnación del Santísimo Sacramento Estupiñán Otavalo y
abandonar esos parajes de ferocidad. Pero los ojos amarillos estaban en todas partes cortándole el camino, en todas partes al mismo tiempo, como ahora, que los sentía
arriba de la canoa, y ésta se movía, oscilaba con el peso
de aquel cuerpo caminando sobre su epidermis de madera.

Contuvo la respiración para saber qué ocurría.

No. No permanecía en el mundo de los sueños. La hembra estaba efectivamente arriba, paseándose, y como la
madera era muy lisa, pulida por el agua incesante, el animal se valía de las garras para sujetarse caminando de
proa a popa, entregándole el cercano sonido de su respiración ansiosa.

El paso del río, la lluvia y el paseo del animal eran
toda su referencia del universo. La nueva actitud del animal lo obligaba a pensar aceleradamente. La hembra había demostrado ser demasiado inteligente como para pre-
tender que él aceptara el desafío y saliera a enfrentarla
en plena oscuridad.

¿Qué nueva treta era ésa? ¿Tal vez era cierto lo que
decían los shuar respecto del olfato de los felinos?

—El tigrillo capta el olor a muerto que muchos hombres emanan sin saberlo.

Algunas gotas y luego unos chorros pestilentes se mezclaron con el agua que entraba por las rasgaduras de la canoa.

El viejo entendió que el animal estaba enloquecido. Lo meaba. Lo marcaba como su presa, considerándolo muerto antes de enfrentarlo.

Así pasaron largas y densas horas, hasta que una débil claridad se invitó a pasar hasta el refugio.

Él, abajo, comprobando de espaldas la carga de la escopeta, y arriba la hembra, en un paseo incansable que se tornaba más corto y nervioso.

Por la luz dedujo que era cerca del mediodía cuando sintió bajar al animal. Atento, esperó por los nuevos movimientos, hasta que un ruido a un costado le advirtió que la hembra cavaba entre las piedras sobre las que se asentaba la embarcación.

La hembra decidía entrar a su escondite ya que él no respondía al desafío.

Arrastrando el cuerpo de espaldas, retrocedió hasta el otro extremo de la canoa, justo a tiempo para evitar la garra aparecida lanzando zarpazos a ciegas.

Alzó la cabeza con la escopeta pegada al pecho y disparó.

Pudo ver la sangre saltando de la pata del animal, al mismo tiempo que un intenso dolor en el pie derecho le indicaba que calculó mal la abertura de las piernas, y varios perdigones le entraron en el empeine.

Estaban iguales. Los dos heridos.

La escuchó alejarse, y ayudado por el machete levantó

un poco la canoa, el espacio suficiente para verla, a unos cien metros, lamiéndose la pata herida.

Entonces, recargó el arma y con un movimiento dio vuelta a la canoa.

Al incorporarse, la herida le produjo un dolor enorme, y el animal, sorprendido, se tendió sobre las piedras calculando el ataque.

—Aquí estoy. Terminemos este maldito juego de una vez por todas.

Se escuchó gritando con una voz desconocida, y sin estar seguro de haberlo hecho en shuar o en castellano, la vio correr por la playa como una saeta moteada, sin hacer caso de la pata herida.

El viejo se hincó, y el animal, al llegar a unos cinco metros antes del choque, dio el prodigioso salto mostrando las garras y los colmillos.

Una fuerza desconocida le obligó a esperar a que la hembra alcanzara la cumbre de su vuelo. Entonces apretó los gatillos y el animal se detuvo en el aire, quebró el cuerpo a un costado y cayó pesadamente con el pecho abierto por la doble perdigonada.

Antonio José Bolívar Proaño se incorporó lentamente. Se acercó al animal muerto y se estremeció al ver que la doble carga la había destrozado. El pecho era un cardenal gigantesco y por la espalda asomaban restos de tripas y pulmones deshechos.

Era más grande de lo que había pensado al verla por primera vez. Flaca y todo, era un animal soberbio, hermoso, una obra maestra de gallardía imposible de reproducir ni con el pensamiento.

El viejo la acarició, ignorando el dolor del pie herido,

y lloró avergonzado, sintiéndose indigno, envilecido, en ningún caso vencedor de esa batalla.

Con los ojos nublados de lágrimas y lluvia, empujó el cuerpo del animal hasta la orilla del río, y las aguas se lo llevaron selva adentro, hasta los territorios jamás profanados por el hombre blanco, hasta el encuentro del Amazonas, hacia los rápidos en donde sería destrozado por puñales de piedra, a salvo para siempre de las indignas alimañas.

Enseguida arrojó con furia la escopeta y la vio hundirse sin gloria. Bestia de metal indeseada por todas las criaturas.

Antonio José Bolívar Proaño se quitó la dentadura postiza, la guardó envuelta en el pañuelo, y sin dejar de maldecir al gringo inaugurador de la tragedia, al alcalde, a los buscadores de oro, a todos los que emputecían la virginidad de su amazonía, cortó de un machetazo una gruesa rama, y apoyado en ella se echó a andar en pos de El Idilio, de su choza, y de sus novelas que hablaban del amor con palabras tan hermosas que a veces le hacían olvidar la barbarie humana.

Artatore, Yugoslavia 1987
*Hamburgo, Alemania 1988.*

## COLECCION AZANCA

APOCALIPSIS, PASIÓN Y MUERTE
*Corpus Barga*

VIAJE DEL OBISPO DE ABISINIA
*J. Ignacio Gracia Noriega*

PASEOS POR MADRID
*Corpus Barga*

UN VIAJE EN EL AÑO 19 Y OTROS VIAJES
*Corpus Barga*

SASIA LA VIUDA
*Julia Ibarra*

Este libro se terminó
de imprimir en los
talleres de Romanyà/Valls
el día veintitrés de junio
de mil novecientos ochenta y nueve.